目次

くまクマ熊ベアー 6

くまなの

PASH!文庫

ユナ'S STATUS_

名前:ユナ
年齢:15歳
性別:女

クマのフード(譲渡不可)
フードにあるクマの目を通して、武器や道具の効果を見ることができる。

白クマの手袋(譲渡不可)
防御の手袋、使い手のレベルによって防御力アップ。
白クマの召喚獣くまきゅうを召喚できる。

黒クマの手袋(譲渡不可)
攻撃の手袋、使い手のレベルによって威力アップ。
黒クマの召喚獣くまゆるを召喚できる。

黒白クマの服(譲渡不可)
見た目着ぐるみ。リバーシブル機能あり。
表:黒クマの服
使い手のレベルによって物理、魔法の耐性がアップ。
耐熱、耐寒機能つき。
裏:白クマの服
着ていると体力、魔力が自動回復する。
回復量、回復速度は使い手のレベルによって変わる。
耐熱、耐寒機能つき。

黒クマの靴(譲渡不可)
白クマの靴(譲渡不可)
使い手のレベルによって速度アップ。
使い手のレベルによって長時間歩いても疲れない。

クマの下着(譲渡不可)
どんなに使っても汚れない。
汗、匂いもつかない優れもの。
装備者の成長によって大きさも変動する。

クマの召喚獣
クマの手袋から召喚される召喚獣。
子熊化することもできる。

スキル

異世界言語
異世界の言葉が日本語で聞こえる。

話すと異世界の言葉として相手に伝わる。

異世界文字
異世界の文字が読める。

書いた文字が異世界の文字になる。

クマの異次元ボックス
白クマの口は無限に広がる空間。どんなものも入れる(食べる)ことができる。

ただし、生きているものは入れる(食べる)ことができない。

入れている間は時間が止まる。

異次元ボックスに入れたものは、いつでも取り出すことができる。

クマの観察眼
黒白クマの服のフードにあるクマの目を通して、武器や道具の効果を見ることができる。

フードを被らないと効果は発動しない。

クマの探知
クマの野性の力によって魔物や人を探知することができる。

クマの地図
クマの目が見た場所を地図として作ることができる。

クマの召喚獣
クマの手袋からクマが召喚される。

黒い手袋からは黒いクマが召喚される。

白い手袋からは白いクマが召喚される。

クマの転移門
門を設置することによってお互いの門を行き来できるようになる。

３つ以上の門を設置する場合は行き先をイメージすることによって転移先を決めることができる。

この門はクマの手を使わないと開けることはできない。

クマフォン
遠くにいる人と会話できる。作り出した後、術者が消すまで顕在化する。物理的に壊れることはない。

クマフォンを渡した相手をイメージするとつながる。

クマの鳴き声で着信を伝える。持ち主が魔力を流すことでオン・オフの切り替えとなり通話できる。

魔法

クマのライト
クマの手袋に集まった魔力によって、クマの形をした光を生み出す。

クマの身体強化
クマの装備に魔力を通すことで身体強化を行うことができる。

クマの火属性魔法
クマの手袋に集まった魔力により、火属性の魔法を使うことができる。

威力は魔力、イメージに比例する。

クマをイメージすると、さらに威力が上がる。

クマの水属性魔法
クマの手袋に集まった魔力により、水属性の魔法を使うことができる。

威力は魔力、イメージに比例する。

クマをイメージすると、さらに威力が上がる。

クマの風属性魔法
クマの手袋に集まった魔力により、風属性の魔法を使うことができる。

威力は魔力、イメージに比例する。

クマをイメージすると、さらに威力が上がる。

クマの地属性魔法
クマの手袋に集まった魔力により、地属性の魔法を使うことができる。

威力は魔力、イメージに比例する。

クマをイメージすると、さらに威力が上がる。

クマの治癒魔法
クマの優しい心によって治療ができる。

121　クマさん、王都に行く

わたしはフィナとシュリと行ったミリーラの町への小旅行から帰ってきた。

2人とも初めての海に喜んでくれたみたいだ。浜辺で遊んだり、船に乗ったし、デーガさんの海鮮料理を食べることもできた。一緒にタケノコ掘りもした。

「楽しかったです。ユナお姉ちゃん、ありがとうございました」

「ユナ姉ちゃん。ありがとう」

2人はクリモニアに到着するとお礼を言う。

「それじゃ、また行こうね」

「はい！」

「やった～」

2人は嬉しそうにする。今度行くときは、暖かくなって、泳げるようになってからかな。

そのときは孤児院の子供たちも連れていってあげたいね。

フィナとシュリの笑顔を見ていると嬉しくなる。本当に連れていってよかった。

　そして、わたしは借りたものを返すためにティルミナさんに会いに行く。借りたものはちゃんと返さなければいけない。それが人と長く付き合うコツだ。

「それじゃ、お借りした娘さんはお返ししますね」

　ティルミナさんの家に行き、お預かりしたフィナとシュリをティルミナさんにお返しする。

「お母さん、ただいま」

　フィナとシュリはティルミナさんに抱きつく。そんな娘の頭を撫でるティルミナさん。

「2人とも楽しかった？」

「はい、楽しかったです。海、大きかったです。船にも乗せてもらいました」

「海、しょっぱかった」

「ふふ、塩水だからね」

　2人とも旅行であったことを楽しそうに話す。それを嬉しそうに聞いているティルミナさん。仲がいい家族はいいね。ここにゲンツさんがいればよかったけど、ゲンツさんは冒険者ギルドで仕事中だ。一家の大黒柱だ。一生懸命に働いて、頑張ってもらわないといけない。

「ユナちゃん、ありがとうね。娘たちに貴重な体験をさせてくれて」

「今度、ティルミナさんも一緒に行こうね」

「そうね。次は一緒に行かせてもらおうかしら」

フィナとシュリは旅行の疲れが出たのか、家に帰ってきて落ち着いたのか、眠そうに目を閉じ始める。

「ふふ、眠そうね。2人とも、夕食には起こしてあげるから、寝てきなさい」

「うん」

フィナはシュリの手を引いて自分たちの部屋に向かう。

ティルミナさんと2人きりになったわたしは、アンズのことを話す。新しい店で働く人数が増えたこと、彼女たちはトンネルが完成しだいやってくること。

「それじゃ、その子たちが来たら面倒をみればいいのね」

アンズには、クリモニアに来たときわたしがいるとは限らないので、孤児院に行くように話してある。ティルミナさんに話を通しておけば、わたしがいなくても大丈夫だ。

「もしわたしがいなかったら、お店に案内したり、お店に必要なものを聞いて用意してあげてください」

「ユナちゃん、いないの？」

「ちょっと、王都に行く予定があるんで」

気が進まないけど、エレローラさんの頼みで、学生の護衛をすることになっている。トンネルの完成時期は分からないけど。重なる可能性もある。

「ユナちゃんは忙しいわね。あまり、無理をしちゃダメよ。ユナちゃんになにかあれば、あの子たちが悲しむわ」

ティルミナさんはフィナたちの部屋がある2階に目を向ける。

「危険なことはしないから、大丈夫だよ」

「タイガーウルフやブラックバイパーを倒すことが危険じゃないと思っているところが怖いんだけど」

「あれは、たまたまだよ。子供が困っていたし……」

「ふふ、冗談よ。でも、本当に危険なことはしちゃダメよ」

「はい」

わたしはティルミナさんの言葉に素直に返事をする。それから、わたしとティルミナさんはアンズたちが来たときのことを話し合った。

ミリーラから戻ってきてのんびりしていると、エレローラさんとの約束の日がやってくる。気は乗らないけど、クマの転移門を使って王都に向かう。

依頼内容は学生の実地訓練の護衛をすること。しかも護衛対象は、わたしとさほど変わらない年齢だという。気が重い。エレローラさんや国王が認めさせるとは言っていたけど。学生たちが、クマの着ぐるみを着た女の子を護衛として素直に認めてくれるとは思えない。たとえ表向きは承諾しても、心の中ではなんて思われるか分からない。

あのときは、流れで引き受けてしまったけど、あのときの自分を引き止めたい。せめてもの救いはシアがいることぐらいだ。

王都に着いて、エレローラさんの家へ向かう。すれ違う人がわたしを見る。何度も王都に来ているけど、この視線だけはいまだになくならない。

もちろん、クリモニアでもなくなったわけではないけど、わたしがよく移動する範囲では少なくなった。

「ユナ様、お久しぶりです」

お屋敷に到着すると、メイドのスリリナさんが出迎えてくれる。そして、部屋に案内されたところでエレローラさんがやってくる。

「ユナちゃん。来てくれたのね」

「一応、約束だから。それで、明日だよね」

「ええ、なかなか来てくれないから、忘れているのかと思ったわ」

だって、気が進まなかったんだもん。だから、ギリギリになってしまった。

「でも、来てくれてよかったわ。シアもユナちゃんが護衛をしてくれることを喜んでいるから」

「シアは？」

「今、スリリナが呼びに行っているから、じきに来るわよ」

エレローラさんの言葉どおり、ツインテールの髪を左右に揺らしながらシアが部屋に入ってくる。

「お母様、ユナさんが来たって、本当？」

シアと目が合う。

「ユナさん、お久しぶりです。相変わらずクマさんの格好なんですね。可愛いです」

同い年の女の子に可愛いって言われると微妙な気持ちになる。年下扱いしてないよね？

「久しぶり、誕生祭以来かな？」

「はい、そうです。ユナさんも王都に来ているなら、うちに来てくださいよ。お母様から、時々王都に来ていることは聞いていますよ。なんでも美味しい食べ物を毎回持ってきているとか」

「あれはフローラ様に持ってきてるのに、エレローラさんが、毎回どこからともなくやってきて、一緒に食べることになっているだけだよ」

「お母様の情報網は凄いですからね」

凄いというか、謎の人だ。異世界の七不思議に入れてもいいぐらいだ。

「それで、ノアは元気にしてますか？」

「元気にしているよ。隙を見ては屋敷を抜け出して、わたしのお店に来ているからね」

「先日、ユナさんがお店を作ったことをお父様から聞きましたよ。しかも、とても美味しいからお店も繁盛しているって。ノアが羨ましいです。早くクリモニアに帰りたいです」

シアが街のことを思い出しているのかそんなことを言いだす。

「それにしても、今回の試験にユナさんが護衛担当としてついてきてくれるとは思いませんでした」

シアは本当に嬉しそうな表情をする。先ほどのエレローラさんの言葉に嘘はないようだ。

「まあ、エレローラさんに頼まれたからね。でも、本当に学生たちが、わたしが護衛をすることに納得したの？」

シアはともかく、他の学生が納得するとも思えない。本当に国王と王妃様、フローラ様までが説得しに行ったんじゃないよね。

あの小さい体で、生徒の前で「くまさんがごえいします」と言っていたら微笑ましいけど、逆に困る。

「大丈夫よ。ちゃんと、優秀な女性の冒険者として、みんなに報告してあるから」

「わたしがクマの格好をしていることは？」

そこが一番重大なことだ。普通なら、話を聞いた瞬間、断りかねないよね？

「もちろん、話していないわよ」

この人は……。

「でも、嘘は言っていないわよ。ちゃんと先生には伝えたし、学生たちがどう受け取るかは自由。もちろん、ユナちゃんに暴言を吐いたら減点だから、報告してね」

それって１００％暴言を吐かれるよね。これってわたしの精神が削られるイベントじゃない？

「約束と違うんじゃ」

「ごめんなさい。ちょっと、ユナちゃんに会ったときの学生たちの反応も確認したいの。でも、紹介するときはわたしも同行するから安心して」

安心できる要素がどこにもないんだけど。不安だらけだよ。

「えっと、ユナさんはその格好で護衛に来るんですよね」

クマさん装備じゃないと、護衛はできないから、わたしは頷くことしかできない。

「みんな、高ランクの冒険者が護衛につくと聞いて喜んでいるんですよ。わたしはお母様から聞いていたから、驚きませんでしたけど。あの説明だと、みんな絶対に勘違いしていると思います」

「えっと。ちなみに、エレローラさんはどんな説明をしたの？」

「若くして冒険者になって」

その若くしてって、何歳のことを言っているのかな？　15歳とは思っていないよね。

「女性ながら、タイガーウルフやオークなどの魔物を討伐。他にも大型魔物の討伐」

たしかにそうだけど。間違ってはいない。

「みんな、カッコいいお姉さんを想像してますよ」

なにそれ、勝手に決めつけないでほしい。実際は違うよ。クマさんだよ。

「シアもちゃんとユナちゃんをフォローするのよ。人間関係を取り持つのも採点項目の一つだからね」

「うぅ、難しいよ」

「簡単だったら意味がないでしょう。それに試験内容を教えているんだから、他の人より得してるでしょう」

得なのかな？

答えが分かっていても、そこに導くための式を立てるのは難しいような気がする。でも、シアにはわたしが爆発しないように頑張ってもらわないといけない。わたしも学生をゴブリンの巣に放り込みたくないからね。

「わたしとユナさんの関係は話してはいけないんだよね。それがわたしより背が低くて、可愛いクマさんでって。どうやってフォローをしたらいいの？」

そんなことをわたしに言われても困る。文句なら、あなたのお母さんに言ってください。

「上に立つ者は話せないことがある場合もあるわ。それを心の中に留めて、誰も怒らせず、不愉快にさせず、お互いの仲を取り持つのよ。あなたも貴族の娘として生まれたのだから、頑張りなさい」

たしかにわたしのことを知らない学生と、わたしのことを知っているシアでは対応が難しい。初めてシアに会ったときは、シアはわたしのことが信じられなくて、いきなり試合を挑んできたぐらいだ。わたしがそのことを言うと。

「しかたないですよ。いきなり、クマの格好をした可愛い女の子がノアを護衛して来たと言われても信じられないし。それに試合へと仕向けたのはお母様です」

「だって、ああでもしないとシアは納得しなかったでしょう？」

「そうですけど……」

シアは少し口を尖らせる。

「えっと、シアも困っているから、今からでも断ることは？」

「もちろん、できないわよ」

ニッコリと微笑むエレローラさん。

わたしとシアは同時にため息を吐く。迷惑をかけてゴメンね。でも、わたし悪くないよね。これも全て目の前にいるあなたのお母さんが悪いんだからね。

「それで、護衛ってどこまで行くの？」

わたしは諦めて依頼内容を聞くことにする。数日の護衛とは聞いているけど、細かい内容は聞いていない。

「馬車で2日ほどの村よ。そこまで荷物、小麦粉を運んでもらうことになっているわ。往復で4、5日ほどね」

馬車の速度を考えると、くまゆるとくまきゅうを使えば1日で往復できそうだ。そういえばくまゆるとくまきゅうは使っていいのかな？　移動するならくまゆるとくまきゅうに乗るのがいいんだけど。

「移動は馬車だよね。わたしはくまゆるとくまきゅうを使っていいの？」

「う～ん、あまり賛同はできないわね。クマが守ってくれると思われるのも困るしね。ユナちゃんの実力は隠してほしいし」

たしかにくまゆるとくまきゅうを当てにされても困る。

「それじゃ、子熊なら大丈夫?」

「子熊?」

移動手段でくまゆるとくまきゅうが使えなくても、危険察知はしてくれるので、夜中寝ているときも安心だ。わたしは子熊化したくまゆるとくまきゅうを召喚する。2人の目の前に子熊化したくまゆるとくまきゅうが現れる。

「な、なに!?」

「可愛い」

エレローラさんとシアがそれぞれくまゆるとくまきゅうを抱きかかえる。

「えっ、もしかして、くまゆるちゃんとくまきゅうちゃんの子供?」

まあ、そう思われてもしかたない。

「違うよ。くまゆるとくまきゅうだよ。わたしの召喚獣は特別なんで、小さくできるんだよ」

できるようになったのは最近のことだけど。

「まあ、これならいいかしら?」

通常サイズはダメだったけど、子熊サイズの許可はもらった。これで、モフモフは確保することができた。

それから2人は、子熊化したくまゆるとくまきゅうをわたしが帰るまで離さなかった。

122　クマさん、学園に行く

翌日、わたしは重い足を引きずって、エレローラさんの家にやってきた。

「おはよう。ユナちゃん。元気がないわね」

誰のせいだと思っているんですか。これからのことを考えると気が重くなる。フィナたちと楽しく海に行ったのが遠い出来事に感じる。

「それじゃ、学園に案内するわね」

「シアはいないんですか？」

シアの姿が見えない。

「シアなら、先に学園に行っているわよ。ユナちゃんと会うのは他の生徒と一緒に護衛として紹介するときね」

諦めてエレローラさんと2人で学園に向かう。

学園が近いのか、周囲にちらほら制服を着た生徒が歩いている。初めて会ったときにシアが着ていた制服だ。王都を歩いているときにも時々見かけた、ブレザータイプの可愛らしい制服だ。そんな学生たちと一緒に学園に向かうことになる。

学生たちはわたしのほうをチラチラと見ている。いまさらながら、馬車でも用意してもらえばよかった。目立ってしかたない。隣を歩くエレローラさんは気にする様子もない。わたしは顔を隠すためにクマさんフードを深く被る。

周囲の学生たちから、「クマ？」「どうしてクマが学校に」「なんだ、あの変な格好は」「クマの横にいるのエレローラ様だよな？」「エレローラ様とはどういう関係なのかしら？」「それともシア様のご友人かもしれません」「可愛いけど、恥ずかしい格好ね」「やべえ、あんな面白い格好、初めて見たよ」「劇でもするの？」「恥ずかしくないのかしら」「僕は可愛いと思うよ」「手を見ろよ。クマだぞ」「それを言ったら足だって」「どこであんな服を売っているのかしら」「でも、可愛いかも」「近寄ったら食われるかな？」「わたし抱きしめたい」「うん、可愛いよ」「あんな格好で歩くなんてありえないだろう」「俺、前に歩いているの見たことがある」「僕も知り合いに聞いたことがあるよ」など、いろいろな声が聞こえてくる。

「帰ってもいい？」

「ダメに決まっているでしょう」

逃がさないとばかりにエレローラさんに腕を掴（つか）まれる。力を出せば振りほどくこともできるけど、一般人のエレローラさんに対してそんなことはできないので、我慢する。

「逃げないから、離してもらえませんか？」

「ダメよ」

わたしはエレローラさんに無理矢理ひっぱられていく。その間も聞こえてくるのは「クマ」って単語ばかりだ。

もう、帰りたい。

わたしのHP（ヒットポイント）が0になりかけたとき、学園に到着した。学園は広く、校舎らしき建物もいくつか建っている。小さなお城って感じだ。

「これが学園。大きい」

学園を見上げる。

「ある程度のお金は必要になるけど。基本、王都にいる一般家庭から貴族まで、あらゆる子供たちが通っているからね」

「庶民と貴族が同じ学園に通っているんですか？」

「ええ。でも、勉強内容はもちろん違うわよ」

まあ、貴族と平民では勉強内容が違うのはしかたない。将来、進む道が違うのだから。元の世界にだって、専門学校っていうものがあるぐらいだ。

「そうだ。ユナちゃん、くまゆるちゃんとくまきゅうちゃんを呼び出すなら、ここで呼び出してもらえるかしら。いきなりクマが現れたら驚くでしょう」

学園の校舎に入ると、エレローラさんがそんなことを言いだす。たしかに召喚獣って説明をするのも面倒だし、わたしは子熊化したくまゆるとくまきゅうを召喚する。

「「くぅ～ん」」

くまゆるとくまきゅうを召喚したわたしはエレローラさんと職員室らしき場所に向かう。まずは生徒の担任に会うそうだ。

どうも、職員室って想像するだけで気分が滅入るけど。それはわたしが学校に行っていなかったせいかもしれない。職員室に入ると30代ぐらいの男性のところに連れていかれる。

「シューグ先生」

「これはエレローラ様、それと……クマ？」

そのクマってわたしを見て言ったのかな？　もちろん、くまゆるとくまきゅうを見て言ったんだよね。

「この女の子が護衛に頼んだ冒険者のユナさんです」

エレローラさんがわたしのことを紹介する。先生はわたしとエレローラさんを交互に見る。そんな目で見なくても言いたいことは分かります。

「エレローラ様、冗談でしょうか？　わたしの目には護衛をする学生より、年下の女の子にしか見えないのですが……」

まあ、これが普通の反応だよね。でも、わたしは護衛対象と同い年だよ。ほんのちょっと、同い年より背が低いだけだよ。

「彼女はれっきとした、優秀な冒険者ですよ」

先生は疑うような目で見てくる。普通に考えて、クマの格好をしている女の子が強いとは思わないよね。エレローラさんがギルドカードを見せるように言うのでしかたなくカードを見せる。

「職業、クマ？」

どこを見ているかな。見る場所が違うよ。

「ランクを見てください」

「ああ、すまない。冒険者ランクC。本当に？　偽物じゃありませんよね」

「本物よ。それはエレローラの名に誓って保証するわ」

そこは貴族の名を言うものじゃないのかな？

「にわかには信じられませんが、エレローラ様を信じましょう。それに彼女が護衛する班にはエレローラ様のお嬢様もいらっしゃいますので、危険な目に遭わせるとは思えません」

そこは「信じられないから、大事な生徒は任せられません」と言うところじゃないかな？　そうしたら、帰る口実になるんだけど。それだけエレローラさんが信用されているってことかな。でも、クマの格好をした女の子だよ。本当にいいの？

ギルドカードを返してもらい、クマボックスに仕舞う。

「それで、ユナさんでしたか。今回の実地訓練について、説明は必要ですか？」

「危険があるときだけ護衛をして、生徒の行動を報告するだけって聞いたけど」

「はい、基本は生徒の自主性を大事にしてください。移動先、行動、それが間違っていても口を挟まないでください。でも、それに危険が伴う場合は止めてください」

やっぱり、面倒な依頼を引き受けてしまったかもしれない。年齢が近い相手の護衛とか、面倒ごとしか想像ができない。

それから、昨日エレローラさんからも聞いた生徒たちへの課題を説明される。

「つまり、小麦を運ぶ道中、危険がない限りは馬車の中で寝ていればいいんだよね」

「そうなるわね」

「エレローラ様！」

「冗談よ。でも、基本、暇になるのは確かね。ユナちゃんのやり方で守ってくれればいいから。好きにしていいわよ」

先生はため息を吐く。その気持ち分かるよ。わたしは心の中で、うんうんと頷く。

ひととおり説明を聞き、わたしが護衛する生徒がいる教室に向かう。

教室の中に入ると、制服を着た生徒が4人いた。男子2人、女子2人だ。その中にはシアもいる。この4人がわたしの護衛対象になる生徒みたいだ。

簡単に4人を表現するなら、少し髪が長めの頭がよさそうな男の子が1人、短髪の生意気そうな男の子が1人、お嬢様風の女の子が1人、最後にシアになる。

「クマ？」

「どうして、クマが？」

「クマよね？」

みんなの視線はどこを見ているのかな？

くまゆるくとくまきゅうだよね。わたしじゃないよね。

「はい、静かに」

先生が騒ぐ生徒を注意する。

「先生、そのクマはなんですか？」

どのクマですか？

わたしですか？　それともくまゆるとくまきゅうですか？

「もしかして、俺たちのパーティーの追加メンバーとは言わないよな？」

「小さいですし、それはありませんわね」

生徒たちが勝手に話している間、事情を知っているシアは周りに気づかれないように小さく手を振っている。

「違う。このクマは。ゴホン、このユナさんは」

今、クマって言ったよね。言ったよね。先生はわたしの名前を言い直す。

「冒険者で、きみたちの護衛をしてくれる人だ」

「はぁ、なにを言っているんだ先生。どう見たって、俺たちよりも年下じゃないか」

ちょっと背が低いだけだよ。

「そうですわ。先生、冗談もいい加減にしてくださいませ」

短髪少年とお嬢様が怒る。

「冗談じゃないわよ。彼女はれっきとした冒険者よ。彼女は、あなたたちの護衛をしてもらうために、わたしがお願いして来てもらったの。まさか、わたしの顔に泥を塗るようなマネはしないわよね？」

エレローラさんが目を細めて睨みつけるように生徒たちを見る。エレローラさんがどのような立場か分からないけど、生徒たちは口を閉じる。やっぱり、偉いの？　偉いの？

「でも……」

「安心しなさい。彼女の実力はわたしが保証するわ」

わたしなら安心はできないだろうな。自分たちよりも年が下に見える女の子。さらにクマの格好をしている。わたしの格好を見て冒険者だとは思えないだろうし。どこにも、安心できる要素がない。

これで生徒たちが拒否したら帰れるかな？

「エレローラ様、本当にそのクマの格好の女の子は冒険者なのですか？　ギルドカードを確認させてもらうことはできますか？」

「それはつまり、わたしの言葉を信じないってことでいいのかしら？」

あれ、そういう流れなの？

そこは見せて、納得をしてもらうところだと思うんだけど。まあ、見せても信じてもらえそうもないけど。

「いえ、そのようなことは。でも、信じるにはそれが一番だと思います」

「しかたないわね。ユナちゃん、いいかしら」

わたしはギルドカードをクマさんパペットの口に挟んで、みんなに見えるようにする。

「職業、クマ」

「クマですわ」

「クマだ」

だから、見る場所が違う。どうして、そこに目が行くかな？　見る場所が違うよ。

「冒険者ランクC？」

「ランクC？」

「C？」

見る場所は合っているけど、今度は固まっている。

「もしかして、あれなのか？」

「あれみたいだな」

「あれですわね」

あれって、なんのこと？

「エレローラ様。なにかあった場合、俺たちが助けなくてもいいんですよね。ランクCの冒険者なんですから」

「構わないわよ」

そこは助けようよ。クマさんだよ。

「俺たちの責任にならないなら、俺はなにも言わないよ」

「僕もいいです。そもそも冒険者の護衛がなくても、これぐらいの実地訓練はできますから」

なんで、護衛がいないことになっているのかな？　ギルドカードは見たよね。冒険者ランクCだよ。クマさん、強いよ。

シアのほうを見るとお嬢様との会話が聞こえてくる。

「ねえ、シアさん。学園もバカにしているのかしら。あんな子供をわたくしたちの護衛にするって。逆に、わたくしたちが彼女を守らないといけないのかしら？」

「可愛らしくて、いいんじゃない。それに今回の実地訓練だって、護衛はいらないほどの近い距離だよ。気にしなくてもいいと思うよ」

そこは気にしようよ。

「たしかにそうですわね。魔物に襲われることもないはずです。これも実地訓練と思って諦めますわ」

そこは諦めないで、大きな声で断ってくれないかな。そうしたら、帰れるんだけど。

「カトレアもシアもいいよな」

「いいですわ」

「もちろん、わたしもいいよ」

カトレアと呼ばれたお嬢様風の女の子とシアが了承する。

うぅ。もう、おうちに帰りたい。

123　クマさん、実地訓練に出発する

それぞれの生徒から自己紹介をされた。

髪が短く、口が悪く元気がいい男の子はマリクス。

少し髪が長く、頭がよさそうな男の子はティモル。

長い銀色の髪にカチューシャをつけたお嬢様風の女の子はカトレア。

そして、最後にエレローラさんの娘のシア。

自己紹介も簡素に終わる。

「それで、気になっているんですが、そのクマさんはなんなんですの？」

カトレアがわたしの足元にいるくまゆるとくまきゅうを見る。

「わたしのクマだけど」

わたしの言葉にマリクスが笑いだす。

「ペット持参かよ。いったい、どこのお嬢様だよ」

お嬢様？　もしかして、わたしのこと？

それにくまゆるとくまきゅうはペットじゃないよ。わたしの大切な家族だよ！　わたし

の心の叫びは誰に聞こえるわけもなく、わたしたちは学園の外に停めてある馬車に向かうことになった。先生とエレローラさんとはここで別れることになる。教室を出た瞬間から、実地訓練は始まっているとのことだ。わたしが一番後ろを歩いていると、シアが歩く速度を落としてわたしの横に並び、小さな声で話しかけてくる。

「ユナさん。よろしくお願いしますね。それからくまゆるちゃんもくまきゅうちゃんも」

シアはトコトコ歩く、くまゆるとくまきゅうにも挨拶をする。

「本当に助けてね。シアだけが頼りだからね」

「もちろんです」

今はその頼もしい言葉を信じるしかない。

「それで、さっき言ってたあれって、なんのこと？」

「あれですか？」

3人がわたしのギルドカードを見ると「あれ」だと言いだした。わたしには意味不明だ。

「そう、あれ」

「たぶん、ユナさんをどこかのお嬢様と勘違いして、お金でランクを買ったと思っているんだと思いますよ」

ああ、高ランク冒険者と一緒に依頼を受けて、ランクを上げるってやつね。

「まあ、その方法でランクを上げても、冒険者の中では本当のことは広まっていきますから、意味がないんですけどね」

つまり、お金でランクを買ったお嬢様の道楽冒険者と思われているのか。だから、くまゆるとくまきゅうをペットと思ったわけか。

「それで、ユナさんがお嬢様ということで、みんな納得したみたいです」

嫌な納得の仕方だ。まあ、クマの着ぐるみを着た見た目年下の女の子が冒険者ランクCと言われても信じるのは難しい。それなら、お嬢様の道楽と認識するほうが妥当なんだろう。

わたしたちは学園の外へ出て校舎裏に向かう。校舎裏には小屋があり、中に入ると、馬車が一台ある。馬小屋もある。ここはそういう場所なのかな。

「やっぱり、俺たちが一番最後だよ」

マリクスがせかせかと周りを見渡しながら言う。

「一番最後？」

「わたしたち以外にもパーティーがあって、それぞれの課題をこなすんです。マリクスは他の男子と、どっちが早く戻ってくるか勝負しているんですよ」

「くだらないですわ」

カトレアが男子の行動に呆れている。その言葉には同意する。

「なにをやっているんだ。早く準備して出発するぞ」

早くも馬車に手をかけてマリクスがわたしたちに向かって叫ぶ。馬車の荷台には屋根がついている。これなら、雨が降っても濡れずにすむかな？

馬が2頭繋がれているけど、馬車を引くには十分なのかな。御者席の横を通って後ろに回ろうとすると、マリクスが声をかけてくる。

「おまえがなんのために俺たちと一緒に来るか分からないが、俺たちの邪魔だけはするなよ」

「そうですね。邪魔をして、僕たちの評価を下げないようにしてくださいね」

男子2人がバカにしたように言う。もう、帰りたいよ。シアがいなかったら間違いなく帰っている。

「2人とも、ユナさんに失礼だよ。わたしたちの護衛をしてくれるんだから。ちゃんと礼儀をもって接しないと」

「こんなクマに礼儀なんていられねえよ。それに、そんな嘘ランクを持って、いい気になっている変なクマなんて」

わたしいい気になっていないよ。ガラスのハートが砕けるよ。

「もしかすると、彼女を守ることも、僕たちのテストの一つかもしれません」

ティモルって男の子がそんなことを言いだす。

「そうなのか？　そうなると、この女を守らないといけないのか？」

「予想の一つです。でも、彼女を守ることがテストの一つだと考えると、いろいろと辻褄が合います。こんな嘘の情報を与えて、僕たちの行動を先生に報告するのかもしれません」

「おい、そうなのか？」

マリクスがわたしに尋ねてくる。

「わたしはみんなを護衛するように言われただけだよ」

「もしかして、本人には知らされていないのかもしれません」

ティモルがそう持論を展開する。

「面倒だな。シア、カトレア、おまえたちがその変な女とクマの面倒を見ろよ。同じ女だろ」

「なに勝手なことを……」

カトレアが文句を言おうとした瞬間、シアが言葉を遮(さえぎ)る。

「構わないよ。わたしがユナさんとクマさんのお世話をするよ」

「シアさん？」

「言ったな。言ったからにはちゃんと面倒を見ろよ。俺たちは見ないからな」

男子2人は邪魔者を押しつけることに成功したのを喜んで、笑みを浮かべて御者台に向かう。それと同じようにシアも笑みを浮かべている。たぶん、お互いの笑みの内容は違うんだろうな。

「それじゃ、ユナさん。わたしたちも馬車に乗りましょう」

シアに手を引っ張られて、わたしたちは後ろの荷台から馬車に乗り込む。

荷台の中には課題のとおり、村に運ぶ小麦粉の袋が積まれている。空きスペースを探してわたしは座る。くまゆるとくまきゅうはわたしの側にやってくると、膝の上に乗ってくる。

「クマさんの面倒を見るのは構いませんが、シアさんは本当によかったんですの？」

「カトレアもいいの？　ユナさんのお世話はわたし一人でも大丈夫だよ」

「いいえ、小さい子の面倒を見るのは淑女のたしなみですから、構いませんわ」

え～と、２人の面倒を見るのがわたしの仕事なんだけど。立場が逆になってしまった。

これも全て見た目のせいだよね。

「カトレア、ありがとう」

「気にしなくてよろしくてよ。それじゃ、そこのクマさん。なにかありましたら、わたくしたちに言ってくださいね」

これって、カトレアに護衛として信頼されていないよね。それ以前に護衛と思っていないよね。悲しくてクマさん涙が出てくるよ。

「それにしても、もっとよい馬車はなかったのかしら」

カトレアは馬車の内装を見ながら呟く。

「カトレア、それはしかたないよ。荷物を運ぶ馬車なんだから」

「分かってますわ。でも数日間、この馬車に乗ると考えると滅入りますわ」

それに関してはカトレアの言葉に同感だ。移動なら最高級毛皮に包まれたくまゆるやくまきゅうがいい。しかも、クマハウスも使えないから、お風呂もふかふかのベッドで寝ることもできない。いろいろと不便な旅になりそうだ。

シアとカトレアを見ると、アイテム袋からクッションを取り出して、セッティングして座っている。なるほど、クッションで振動を和らげるんだね。2人とも準備万端だ。

「ユナさん、わたしのでよかったらクッションを使ってください」

シアは自分が座っていたクッションを差しだしてくる。見た感じ一つしか持っていない。もしかして、自分のクッションを貸してくれようとしている？

「大丈夫だよ。持っているから」

わたしはクマボックスからクッションを取り出す。クッションにはクマさんの絵柄が刺繍されている。孤児院の子供の一人が感謝の気持ちとしてプレゼントしてくれたのだ。

嬉しかったので、クマボックスに仕舞ってあった。わたしは心の中で作ってくれたその女の子、シェリーに感謝しながら、クッションをセッティングする。

「可愛いクッションですね」

シアがわたしの近くにクッションを置く。

「えっと、クマさんでなく、ユナさんでしたわね。あらためてよろしくお願いいたします。しっかりお守りしますので、安心してくださいね」

カトレアはわたしがランクCの冒険者だということは信じてないっぽいけど、性格はよい子みたいだ。これなら、数日間の旅もどうにかなるかな。

シアはわたしの隣に座ると、わたしの膝の上に乗っているくまゆるを抱きかかえる。

「やっぱり、柔らかいです」

「その、わたくしもクマさんを触らせてもらってもよろしいですか？」

カトレアが少し恥ずかしそうに聞いてくる。わたしが頷くと、カトレアは恐る恐る手を差し出し、くまきゅうの頭を撫でる。くまきゅうは目を閉じて気持ちよさそうにしている。

「大人しいですね」

「まあ、危害を加えなければ、なにもしないよ」

「熊は怖いものと思っていましたが、こうやってみると可愛いですわね」

カトレアもくまきゅうを抱きかかえる。くまゆるはシアに取られ、くまきゅうはカトレアに奪われた瞬間だった。少し寂しい気持ちになる。そんなわたしの気持ちに関係なく、御者台に座っているマリクスが馬車の中に向かって声をかける。

「それじゃ、出発するぞ」

「いつでもいいですわよ」

「いいよ」

2人の返事で馬車が動きだす。

馬車は王都の中を進み、やがて王都の外に出る。

「それじゃ、しばらく俺たちが運転するから。昼で交代だからな」

馬車は進み、くまゆるはシアに、くまきゅうはカトレアに抱かれ、わたしは一人で寂しく馬車に揺られる。

クマの服のおかげで、揺れてもお尻は痛くならないし、クッションがフィットしていい感じだ。クッションを作ってくれたシェリーに感謝しないといけないね。お礼に王都でお土産を買って帰るのもいいかもしれない。

馬車は順調に進み、昼食と馬を休ませるために休憩を取る。各々がアイテム袋からパンなどの簡単な食べ物を出して食べている。なんとも寂しい食事だ。

わたしのクマボックスには温かい料理がたくさん入っている。

でも、流石に湯気が立ち上った料理を出すわけにはいかないので、モリンさんが作ってくれたサンドイッチを食べることにする。

卵サンド、チーズサンド、野菜サンド、ポテトサラダサンド、肉サンド、いろいろある。

流石モリンさん、どれも美味しそうです。

「ユナさん、美味しそうですね」

シアがサンドイッチを覗き込んでくる。

「食べる?」

「いいのですか?」

「いいよ。たくさんあるから。そっちのカトレアだっけ、あなたも食べる?」

カトレアも欲しそうに見ていたので聞いてみる。

「よろしいのですか?」

わたしはサンドイッチを差し出す。カトレアはお礼を言ってサンドイッチを口に運ぶ。

「美味しい。うちの料理人が作るよりも美味しいですわ」

「優秀なパン職人が作っているからね」

わたしが褒められているようで嬉しいね。

3人でサンドイッチを食べていると、少し離れた場所でこちらを見ているマリクスがいる。わたしが見ると視線を外される。なんだったのかな？

休憩も終わり、運転は女子に代わる。流石にわたしは男子と一緒に荷台にいられるほど神経は太くないので、シアたちと一緒に御者台に向かう。

御者台に、どうにか3人座れた。手綱はシアが握り、カトレアはシアの左側に座り、わたしはくまゆるを抱いて右側に座る。ようやくくまゆるを取り戻すことができた。

ちなみにくまきゅうはカトレアが膝の上に乗せている。カトレアはくまきゅうが気に入ったみたいだ。

124 クマさん、どこまで口に出していいか悩む

日が暮れてきたので、シアたちは夜営の準備を始める。

準備といってもやることは少ない。馬の世話、火の準備ぐらいなものだ。食事は各自で食べているし、あとは寝るぐらいだ。

「それじゃ、見張りの順番は俺、ティモル、カトレア、シアの順番でいいんだな？」

「いいよ」

全員頷(うなず)くけど、わたしの名前がないってことは寝てていいんだよね。

マリクスは火の前に座り火の番をする。シアとカトレアは馬車の中に入る。

「ティモル、いいのですか？」

カトレアが馬車の外で寝る準備をするティモルに声をかける。

「女子と一緒に寝る勇気は僕は持っていないよ。マリクスと一緒に外で寝るよ」

「それは感謝ですわ。わたくしも男子と一緒では眠れませんから」

カトレアがティモルに感謝の言葉をかける。

狭い馬車の中に3人で寝る場所を確保する。横になると3人でギリギリの状態だ。それ

が分かったからティモルは断ったのかもしれない。

シアたちは狭い隙間で毛布にくるまると横になる。

「おいで」

わたしは毛布を広げて、くまゆるとくまきゅうを呼ぶ。くまゆるとくまきゅうは嬉しそうにわたしのところにやってくる。お腹の上に2人の重みを感じるがクマの服のおかげでそれほど重くは感じない。もふもふだ。

「ユナさん、羨ましいです」

「本当ですね。こんなに可愛らしいクマさんなら、わたしも欲しいですわ」

「その気持ち分かるよ。わたしも欲しい」

わたしの毛布から顔を出しているくまゆるとくまきゅうを2人が見る。そんなに物欲しそうな目を向けてもあげないよ。わたしはくまゆるとくまきゅうを強く抱きしめる。

「おい、おまえたち早く寝ろよ。寝ていなくても時間になったら見張りは交代してもらうからな」

外からマリクスの声が聞こえてくる。2人は慌てて毛布を被る。

「それじゃ、みなさん、お休みなさい」

「カトレア、ユナさん、お休みなさい」

「うん、お休み」

女子トークでもあるかと思ったけど。旅慣れていない2人は疲労のためか、すぐに寝息を立て始める。

いつも寝るときは白クマに着替えるわたしだけど、今日は着替えたりはしない。着替えれば笑われるのが目に見えている。それに魔力も消耗していないし、疲れることもしていない。疲れているとしたら、精神的なほうだ。同年代の男子といるのがこんなに疲れるものだとは思わなかった。これも、学校に行かずに引きこもりをしていたせいだろう。

わたしは胸に抱きついているくまゆるとくまきゅうを見る。

「魔物や盗賊が来たら教えてね。……あと、ないと思うけど男子が襲ってきたら教えてね」

くまゆるとくまきゅうは、寝ている2人を起こさないように小さな声で「「くぅ〜ん」」と鳴く。わたしはくまゆるとくまきゅうを抱き枕代わりにする。

くまゆるとくまきゅうには程よい温かさがあり、安心感を与えてくれる。わたしが眠りに落ちるのも早かった。


しばらくして、誰かが動く気配がする。軽く目を開けると、カトレアが立ち上がっているところだった。どうやら、見張りの交代の時間らしい。

「今、行きますわ」

小さい声で相手に言う。その相手は順番からいってティモルだろう。カトレアが馬車を降りていく。わたしはくまゆるを抱きしめて、すぐに眠りに落ちる。しばらくすると、カトレアが戻ってきてシアを起こしている。シアが最後だから、しばらくしたら朝になるのかな。シアが馬車から降りて、カトレアは毛布にくるまってすぐに寝てしまう。わたしは眠りについたカトレアを起こさないように体を起こす。毛布の中で寝ていたくまゆるとくまきゅうが「なに？」って感じで毛布から顔を出す。

わたしはくまゆるとくまきゅうを毛布ごとかかえ、馬車から降りる。

「ユナさん、どうしたんですか？」

馬車から降りてきたわたしに気づいたシアが、小さな声で尋ねてくる。

「一人で見張りもせずに寝ているのもあれだからね。付き合うよ」

シアの隣に座る。

「ありがとうございます」

シアがお礼を言って、体を少し震わせて焚き火に手を当てる。

「寒い？」

「少しだけ」

まだ、日が昇っていないから肌寒いのかな。そのへんはクマの服のせいで分からないんだよね。それに毛布の中には温かいものが抱きついている。

わたしは抱きついているくまゆるを、毛布から出してシアに渡してあげる。くまゆるは首を傾げてわたしを見る。

「シアを温めてあげて」

「いいのですか？」

そう言いながらも手を伸ばしてくるシア。くまゆるは小さく「くぅ～ん」と鳴き、シアに抱きつく。シアはくまゆるを毛布の中に入れる。

「温かいです。ユナさん、ありがとうございます。くまゆるちゃんもありがとうね」

シアはくまゆるを抱きしめながら嬉しそうにする。

わたしもくまきゅうを抱きかかえると膝の上に乗せて、抱きしめる。

「大きいクマさんも可愛いけど、小さいクマさんも可愛いですね」

まあ、どんな動物にしろ、赤ちゃんや子供は小さくて可愛いものだ。ライオンやトラだって可愛く見えるから不思議だ。もちろん、クマも例外ではない。

「温かくて気持ちいいです。でも、眠くなりそうです」

目を閉じて気持ちよさそうにしている。

「寝ちゃダメだよ」

「はい。でも、これでノアに自慢ができます」

「自慢って……」

「だって。ノア、クマさんと一緒に寝たことを自慢してくるんですよ。それはそれは嬉しそうに話してくるんです。悔しいじゃないですか」

姉妹揃(そろ)ってなにを争っているんだか。シアはくまゆるに顔をつける。

「ううぅ、気持ちいいです」

「本当に寝ないでよ」

シアはくまゆるを抱きながら何度もアクビをする。シアは眠気と戦いながら、見張りを行った。

そして、時間は過ぎ、日が昇ってくる。

「そろそろ、みんなを起こしてきますね」

シアは立ち上がって、みんなを起こしに行く。もちろん、くまゆるを抱いたままだ。

全員が起きると、簡単な朝食をとる。そして、目的地の村に向けて出発する。

それにしても暇だね。くまゆるとくまきゅうのおかげで普段移動しているときは感じなかったけど、退屈だ。くまゆるとくまきゅうに乗って移動するなら昼寝もできるけど、護衛をしている身としては馬車の中で寝るわけにもいかない。それでなくても役立たずと思われているから、居眠りなんてできない。

そんなことを考えていると、シアとカトレアに抱かれているくまゆるとくまきゅうが

「「くぅ〜ん」」と鳴く。

「どうしたの？」

シアとカトレアがくまゆるとくまきゅうを撫でる。でも、鳴くのはやめない。

「ユナさん。くまゆるちゃんとくまきゅうちゃんがいきなり、鳴きだしたんですが」

わたしはくまゆるとくまきゅうを受け取る。くまゆるとくまきゅうはわたしを見たあと

馬車が進んでいる前方を見る。

もしかして魔物!?

わたしは探知スキルを使って周辺を確認する。馬車が進む方向にゴブリンの反応がある。数は5体。このまま進めば、間違いなく遭遇する。

この場合ってどうしたらいいのかな?

教えるべきか、黙っているべきか。それともわたしが倒したほうがいいの?

ゴブリン5体程度なら、シアたちでも倒せるよね? それにあまり口を出さないように言われている。でも護衛はしないといけないし。

ムムムムム! どうしたらいいの?

「ユナさん。くまゆるちゃんは、なにを言っているんですか?」

悩んでいるとシアが声をかけてくる。話してもいいものか?

でも、わたし一人ではいくら考えても答えが出ない。シアはわたしのサポート役なんだから、話してもいいよね。わたしはシアに近づき耳元で誰にも聞こえないように小さな声で話す。

「くまゆるとくまきゅうが、近くに魔物を見つけたみたい」

「魔物が……。そんなことが分かるのですか?」

シアが驚いたようにくまゆるとくまきゅうを見る。

実際は探知スキルで場所と方角は確認したけど。先に見つけたのはくまゆるとくまきゅうで間違いはない。

「まあね。この子たちは特別だから」

わたしの特別って言葉にシアは納得する。召喚獣であり、大きくなったり、小さくなったりすることを知っているシアはそれだけで理解してくれる。

「それで、実地訓練だから、みんなに教えてもいいものなのかなと思って」

素直に告げる。わたしは教師でもなんでもないから、微妙な魔物が出てこられても分からない。これがオークとか倒せない魔物なら別だけど。

「本当なんですよね」

わたしは頷く。目の前の探知スキルがゴブリンを表示している。でも、この表示をシアは見ることはできない。

「分かりました。本当は話さないほうがいいと思いますが、今回はユナさんのことを信じてもらうために話したほうがいいと思います」

「いいの？」

「くまゆるちゃんとくまきゅうちゃんに魔物を見つけることができるなら、そのことはみんな知っておいたほうがいいです。もしものことがあった場合、マリクスたちが信じなかったら困りますから」

王都の近くの村までの往復で、もしものことなんて起きるのかな。基本、街と街などを繋ぐ街道は魔物との遭遇率は低い。冒険者たちが倒してしまうからだ。

だから、今回の遭遇も珍しい。

シアは体を起こし、手綱を握っているマリクスたちに声をかける。

「近くに魔物がいるみたい。マリクス、馬車を停めて！」

マリクスはシアの声に驚いて馬車を停める。

「なんだ！　魔物か!?　どこだ!?」

マリクスは首を左右に振り、周囲を確認する。

「まだ、いないよ。この先に魔物がいるみたいなの」

「前に……!?　魔物なんて見えないぞ」

マリクスは前方を見るが魔物の姿は確認できない。それはそうだ。もう少し行った先の右側にいる。

「でも、ユナさんのクマさんが、この先に魔物がいるって」

「クマって、そのクマが抱いているクマか？」

マリクスは怪訝そうな顔をする。そして、わたしのことを見る。

「本当なのか？」

マリクスがわたしに尋ねる。

「この先の右側にいるって、言っているよ」

わたしの言葉を疑うようにマリクスはくまゆるを見る。

「マリクス、動物は鼻がいいから分かるかもしれないよ」

話を聞いていたティモルが助け船を出す。

「……分かった。とりあえず、周囲を確認しながら進むぞ」

全員マリクスの言葉に頷く。マリクスは手綱を握ると馬車を進ませる。

「ユナさん、くまゆるちゃんたちにそんな力があったんですね」

「まあね。この子たちが危険を教えてくれるから、護衛もできるんだよ」

「それって、そのクマが凄くて、あんたは凄くないってことだよな」

マリクスが棘がある言い方をする。でも、言葉どおりにくまゆるが魔物を発見したことになれば、わたしは役に立っていないことになる。

「マリクス、そんな言い方は」

「事実だろう」

くまゆるとくまきゅうが凄くて、わたしは無能に見えるみたいだ。まあ、実際にわたしが凄いところを見せたわけではない。

でも、くまゆるとくまきゅうのことだけでも信じてもらえれば、今後、危険なことがあれば、信じてもらえることになる。そうなれば危険も回避できる。今はそれだけで十分だ。

「それで確認なんだけど。ゴブリンやウルフぐらいなら倒せるの？」

「はい、数によるけど。ゴブリンやウルフ程度なら大丈夫です」

「ゴブリンぐらい、倒せますわ」

2人は心強いことを言ってくれる。

「それじゃ、わたしは手を貸さないけど、危ないときは助けるからね」

「バカにするな！　おまえみたいなクマの助けなんていらない。魔物ぐらい、俺たちで倒せる。おまえたちも、そのクマを信じるなら周囲を確認ぐらいしろ」

話を聞いてたマリクスが口を挟んでくる。

でも、俺一人とは言わないんだね。ちゃんと仲間を計算に入れているところが偉い。ゲームでも一人で無謀に突っ込むよりは仲間と戦ったほうが楽に倒せるに決まっている。それなら、今回はゴブリンが5体ほどだから、見ているだけで大丈夫そうだ。それに今回は実地訓練だし、あまり手を出すのはよくない。

馬車は進み、そろそろ見えてくるはずだ。

「マリクス、あれ」

ティモルの声で全員が前方を見る。前方の右側に5つの影が見えた。ゴブリンだ。マリクスが馬車を停めて、信じられないようにゴブリンを見つめている。

「クマさんの言うとおりですね」

「マリクス、どうするの？」

シアの言葉でマリクスが我に返る。

「二手（ふたて）に分かれる。俺とティモルが右、シアとカトレアは左から攻撃を仕掛ける」

マリクスが指示を出すと、全員が頷く。

「それじゃ、ユナさん、行ってきます」

マリクスが馬車を降り、シアたちもそれに続く。ちょ、全員降りるの？　馬車はどうするの？　わたし、馬車の運転できないよ。馬が勝手に動きだしたらどうするの？

馬車に残ったわたしは、なぜか手綱を渡され、思わず受け取っていた。わたしの不安に関係なく、4人はゴブリンに向かって歩きだす。

もし、ゴブリンが近づいて馬が暴れたら困るんだけど。これって一番不安がある場所がわたしのところじゃない？

「くまゆる、くまきゅう、馬車の運転できる？」

ダメもとで聞いてみる。くまゆるとくまきゅうなら馬車の運転ぐらいできるかもしれない。

でも、くまゆるとくまきゅうは「「くぅ〜ん」」と「無理だよ」的な鳴き声を上げる。

「だよね」

なんだろう。ゴブリンの群れの中にいるよりも一人で馬車の運転席にいるほうが怖いんだけど。

わたしは馬が勝手に動きださないように祈った。

125　クマさん、学生たちを見守る

マリクスたちがゴブリンに近づくと、ゴブリンもマリクスたちの存在に気づく。マリクスたちはそれぞれ武器を構える。

話によると、マリクスは魔法はそれほど使えず剣がメインで、ティモルは反対に魔法が得意とのこと。シアとカトレアはどっちも使える万能型。だから、マリクス、シア、カトレアが前衛、ティモルは後方の位置取りになる。

ゴブリンを見ると手には太い木の棒を持っている。当たらなければ怖くない。ゴブリンはマリクスたちを見ると「ギギギギギ」と唸(うな)り声をあげる。

わたしは馬が勝手に動きださないように願いながら、4人の戦いを見守る。

マリクスとシア、カトレアは走りだす。シアとカトレアは走りながら風の魔法を放つ。下から風が舞い起こり、砂埃(すなぼこり)がゴブリンを襲う。ゴブリンは「ギギギギ」と唸り、目を閉じる。そして、無闇に手に持つ武器を振り回す。マリクスはゴブリンに近寄り、その腕を切り落とす。シアもカトレアもそれに続く。ティモルも後方から魔法を放って、マリクスを援護する。

戦いは順調だ。風を起こして、砂で目くらましをするのは学校で習うのかな？　わたしなら初手の魔法で首を落としておしまいだけど。シアたちはできないのかな？

他の人の魔法ってあまり見たことがないから、いまいち強さが分からない。この世界に来てもボッチなわたし。まあ、クマさん装備があれば仲間は必要ない。

戦闘はマリクスたちに有利に進む。もしかすると助けが必要かなとも思ったけど、必要はないみたいだ。数ではゴブリンが勝っていたが、シアたちのほうが強い。マリクスは確実に致命傷を与えているし、ティモルも仲間に攻撃が当たらないように魔法で補佐をしている。

エレローラさんも言っていたけど、同数程度のゴブリンなら大丈夫みたいだ。

ゴブリンは手に持っている木の棒をマリクスに振り下ろすが、マリクスは剣で受け止める。そこにカトレアが後ろから体を剣で突き刺す。

「シア、残り1体だ」

「了解」

シアは手に魔力を集め、ゴブリンに向けて火の玉を放つ。火の玉はゴブリンに命中して動きを止める。そこにすかさず、シアが剣を振り下ろす。剣はゴブリンを切り裂き、ゴブリンは絶命する。

おお、流石だね。

「大したことはなかったな」

たしかに危ないことはなかったけど、魔法の一撃は弱そうだ。それともわたしの魔法が強いのかな？

でも、ゴブリンを倒せるってことは、ランクEの駆けだし冒険者ぐらいの実力はあるってことだ。そう考えると学生なら十分な実力かもしれない。

あとはオークと遭遇したらどうなるかだね。ちょっとぐらいの力じゃ倒せない。オークが現れたら、わたしの出番かな？

あとは経験不足が目立った。ゲーム初心者のように、どこに攻撃をすればいいか迷ったりしていた。

わたしはゲームの世界で、魔物や人を相手に何千、何万回と戦ってきた。何度も死んで、何度も負けて、経験を積んできた。死ぬことや負けることで得る経験もある。負けたことで、次に勝つための力を得ることができる。なにが自分に足りないのか。なにが必要なのか。けど、この子たちは負ける経験ができない。負ければ死が待っている。死んだら終わりの現実の世界。だから、わたしが経験してきたように経験を得ることはできない。

逆に、わたしは馬車の操縦の経験がないため、馬車の運転はできないし、一人で御者席にいれば不安にもなる。経験は人の力になる。技術にしろ、精神面にしろ、経験がその人間の成長に繋がる。わたしが、もしゲームで経験を積んでいなかったら、たとえクマ装備があったとしても苦労したと思う。

だからこそ、学園ではいろいろな経験を積むために、この実地訓練が行われているんだと思う。エレローラさんも国王も、なにかを学ぶための実地訓練だと言っていたし。

旅の苦労、馬の管理、夜営の大変さ、魔物の怖さ、仲間との協力、旅の護衛との信頼関係、その他いろいろとある。魔物との戦いもその一つだろう。

わたしの役目は、それらを学ぶのに危険がないよう護衛をすることだと理解する。

なんとも、難しいことだ。帰ったらエレローラさんに文句の一つも言ってやりたい。

「本当にゴブリンがいるとは思いませんでしたね」

「そうだな」

「でも、これでクマさんが魔物を発見できることが証明されましたね」

シアが嬉しそうに言う。

「信じられないですけど」

全員がわたしの左右に座っているくまゆるとくまきゅうを見る。くまゆるとくまきゅうは視線を向けられて首を傾げている。

「偶然じゃないのか？」

信じたくないのか、そんなことを言い始めるマリクス。

隣に座るくまゆるとくまきゅうを見る。うん、信じられないんだね。普通の子熊にしか見えない。わたしだって異世界じゃなかったら信じなかったと思うし。

でも、わたしの代弁をしてくれる人がいる。

「クマさんが嘘をつくわけないでしょう」

「そうですわ」

シアとカトレアが睨みつけるようにマリクスに言い寄る。マリクスは1歩、2歩と下がる。シアとカトレアは1歩、2歩と詰め寄る。

「クマさんは証明したでしょう」

「偶然で発見できるなら、マリクスが偶然でいいので魔物の居場所を教えてくれませんこと？」

無茶を言うカトレア。さらに一歩、踏み込む2人。

「分かった。信じる。信じるから、そんなに怒るな」

「分かればよろしいですわ」

2人は満足げな顔をしてマリクスから離れる。

「それにしても魔物がいることが分かるって凄いクマですね」

ティモルがくまゆるとくまきゅうを見つめる。メガネの中心をクイと押す仕草が似合ったただろう。まあ、目の前でやられたらメガネを割ったかもしれないけど。

「とりあえず、助かった」

マリクスがぶっきらぼうにお礼を言う。そして、みんなにゴブリンの処理の指示を出す。

魔物を討伐したら、処理をしないと死体に魔物が寄ってきてしまうためだ。だから、倒したら穴に埋めたり、焼いたりする。授業でもちゃんと習っているのか、ちゃんと処理をしている。

「でもこれで、クマさんがいれば実地訓練も安心ですわね」

死体処理を終えたカトレアが戻ってきて、くまきゅうを抱きかかえて馬車の御者席に座る。カトレアに場所を譲るふりをして、手綱をカトレアに渡す。カトレアはすんなりと手綱を受け取ってくれる。

よし、これで馬が動いても安心だね。わたしの戦いも終わる。

「でも次から、ゴブリン程度の魔物なら教えないから、自分たちで対処してね。わたしはあくまで危険なとき以外はなにもしないから。今回はサービスだから」

「そうですね。自分たちで頑張らないといけないんですよね」

「まあ、クマに教えてもらわなくても、ゴブリン程度、いくら現れても大丈夫だ」

荷台に乗り込むティモルとマリクスが答える。

「確認しておくけど、何体ぐらいまで大丈夫なの？」

「何体でも大丈夫だ！」

マリクスが答える。

「本当？」

わたしはマリクスでなく、シアに尋ねる。

「一対一で戦うなら、ある程度は大丈夫です。囲まれたら一人で2体、頑張っても3体が限界だと思います」

つまり、倍の数まで大丈夫ってことかな？

10体ぐらい現れたら注意ってことだね。

マリクスたちは馬車に乗り込み、あらためて村に向けて出発する。

目的地の村に着くまでに魔物との遭遇はもう一度だけあった。

数は4体だったので4人に任せる。前回よりスムーズに倒すことができた。前回の戦いの経験が活かされたってことかな。

馬車は進み、前方に村が見えた。

これで、半分終了だ。

126　クマさん、村を見学する

マリクスたちが村に到着すると、住民が歓迎してくれる。馬車は村の中心にある広場的な場所に案内される。マリクスは馬車を停め、馬車から降りる。それに続いてティモル、くまゆるを抱いたシア、くまきゅうを抱いたカトレアが馬車から降りる。

住民は抱かれているクマに驚き、馬車からわたしが降りるとさらに驚きの声を上げる。

「くま?」「クマ?」「くまさんだ」「どうしてあんな格好を」「王都ではあの服が?」。いろいろな声が聞こえてくる。わたしはクマさんフードを深く被り、顔を隠す。すると、さらにフードのクマ耳が立ち、クマさん度が増してしまう。でも、顔を見られるよりはいい。

そんな中、年配の男性が近寄ってくる。

「ようこそ、お越しになられました。わたしはこの村の村長のカボスといいます」

年配の男性が挨拶をする。

「学園から来ましたマリクスです。運んできた荷物は馬車の中にあります」

マリクスが代表として、丁寧に受け答えをする。

そういえば、このパーティーのリーダーってマリクスになるのかな? さっきのゴブリンとの戦いでもマリクスが指示をしていたし、見張り番の指示もマリクスだった。

ゲームのときもそうだったけど、男女のパーティーだとほとんどのパーティーリーダーは男になっちゃうんだよね。

「ありがとうございます。では、馬車はこちらでお預かりします。みなさんにはお部屋をご用意いたしますので、お休みになられてください」

村長の指示で男の一人が馬車に近づく。手綱を持っていたティモルが引き渡す。村長は馬車を見つめ、首を傾(かし)げている。

「どうかしましたか？」

「いえ、馬車の中に冒険者の方がいるかと思ったのですが。もしかして、学生のみなさんだけで来られたのですか？」

冒険者なら、ここにいますよ。あなたの近くにいます。もしかして、学生の中にわたしも入っている？

わたし以外の全員は制服で、その上から紺色のマントをしている。わたしだけクマさんの格好だ。学生には見えないはずだ。もっとも、冒険者にも見えないかもしれないけど。

「護衛に冒険者の方がいると伺っていたのですが」

村長さんの言葉でシアたち生徒がわたしのほうを見る。

「冒険者なら、こちらに」

マリクスが微妙な顔でわたしのほうを見る。なに？　その苦笑いをしたような顔は？

わたしはちゃんとした冒険者だよ。

「えーと、こちらの可愛らしいクマのお嬢さんが冒険者ですか？」

「はい、一応」

一応とは失礼だと思うよ。ちゃんとした冒険者だよ。ギルドカード見せたよね。ランクCだよ。

村長は不思議なものを見るようにわたしを見る。

「歓迎を込めて、冒険者の方にはお酒も用意していたのですが」

村長が困った表情を浮かべる。そんな顔をしてもダメだよ。困っているのはわたしのほうだよ。そもそも、お酒を飲める年齢って決まっているのかな？

「それではお部屋のほうはどうしましょうか？　学生の方と別にしますか、それともご一緒のほうがよろしいですか？　もちろん、男性と女性と分かれていますので、ご安心ください」

村長がわたしを値踏みするように、ジロジロと見る。クマの着ぐるみが珍しいのは分かるけど、そんなに見ないでほしい。

「部屋は一緒でいいよ」

シアたちと一緒にいれば、シアとカトレアの護衛をすることができる。最悪でもシアとカトレアの命は守ることができる。

「それでは王都からの移動でお疲れでしょう。わたしの家でお休みになってください」

やってきたのは周囲の家と比べると一回り大きい家だ。どうやら村長の家みたいだ。家に入ると2階の部屋に案内され、男子と女子で別々の部屋に入る。

「それでは夕食ができ上がりましたら呼びにまいりますので、それまでお休みになってください」

村長はわたしたちを案内すると去っていく。

「はぁ、疲れましたわ」

カトレアが椅子に座る。

「本当だね」

シアもカトレアの隣の椅子に座る。

「ユナさんは元気ですね」

「これでも冒険者だからね」

クマさん装備のおかげで疲れていないだけだ。もし、クマさん装備がなければ、初日で疲れがたまったと思う。

わたしの言葉にカトレアがわたしを見てから、シアに視線を移すと尋ねてくる。

「シアさんはユナさんとお知り合いなんですよね」

「……なんのことかな？」

シアはカトレアから視線を逸らし、わたしもフードを深く被る。

「嘘をついても分かりますわよ。だってシアさん、クマさんの名前を知っていましたからね」

カトレアはそう言って、抱いているくまきゅうの頭を撫でる。

「…………」

「それに、ユナさんに対する態度がそれを示していますわ」

「…………」

「なによりも、夜の見張りのとき、一緒に話をしていたでしょう」

バレバレだ。シアと一緒に見張りをしていたことにも気づいていたらしい。

「……マリクスとティモルには黙っていてね」

「それはいいですけど。どうして、黙っているんですの？」

「それが、今回の実地訓練のテストの一つだから」

シアはちょっと言いにくそうに答える。

「そうだったんですか。そうとは知らずに、ごめんなさい」

「別にいいよ。それにテストの内容はそれだけじゃないから」

「それじゃ、シアさんはくまゆるさんとくまきゅうさんのことも知っていたんですね」

「うん、知っていたよ。とっても可愛いでしょう」

シアは抱いていたくまゆるをテーブルの上に乗せる。

「それじゃ、クマさんが魔物を探知できることも？」

「それは知らなかったよ。ユナさんはそんなことを一言も教えてくれなかったから」

シアがベッドに座っているわたしに視線を向ける。

「内緒だったからね。それに話せるタイミングもなかったし」

「それで、シアさん。ユナさんは本当に冒険者なんですの？」

そこは疑うんだね。やっぱり、この見た目のせいなのかな。

「それはカトレアの想像にお任せします」

いや、実力云々はしかたないけど、冒険者ってところは肯定しようよ。


部屋で休んでいると、夕食の準備ができたそうで下の部屋に呼ばれる。

村長の奥さんが作ってくれた料理がテーブルに並ぶ。

「たくさんありますから、ご遠慮なく召し上がってくださいね」

「ありがとうございます」

マリクスが代表としてお礼を述べ、夕食を食べ始める。それから他愛のない会話をする。

村長や奥さんはどうしても、わたしが冒険者だとは信じられない様子だった。

「それでは、明日の予定は村の見学でよろしいですか？」

なんでも実地訓練の課題には、荷物を届けたあとに村を見学することも入っているらしい。

エレローラさん、そんな話聞いてないよ。

王都に住んでいる学生たちは村に来ることもないだろうし。ましてシアみたいに貴族の娘ともなれば村に入ることは滅多にないだろうから、勉強になるのかもしれない。

でも、村の見学か。なにか、面白い物でもあるといいな。


食事を終え、今日は部屋に戻って休むことになる。

だが、わたしの腕の中にはくまゆるもくまきゅうもいない。くまゆるはシアの、くまきゅうはカトレアの腕の中にいる。2人は疲れていたのか、布団に入ると寝息がすぐに聞こえてきた。そんな2人からくまゆるとくまきゅうを取り戻すこともできず、わたしは一人で寝ることになった。

うぅ、寂しいよ。


翌日、村長の案内で村の中を見学する。

今まで行ったことがある村と、さほど変わったところはない。畑があり牛がいる。特に珍しい野菜などがあるわけでもなく、いたって普通の村って感じだ。

ただ、問題があるとすれば、わたしたちのあとを村の子供たちがついてきていることだ。どうやら、シアとカトレアが抱くくまゆるとくまきゅうが気になるらしい。それとわたしにも視線が向けられていることは言うまでもない。

「すみません。あなたの格好が珍しいみたいで。王都ではみなさんそのような服を着たりしているのですか？」

「えっと……」

「王都にはそんな格好をしている人なんていない」

わたしが返答に困っていると、マリクスが代わりに答える。

事実だけど、そんなに言い切らなくてもいいと思うんだけど。もしかして一人ぐらいは。

……考えてみるが、着ぐるみの格好をしている人なんていないよね。

わたしたちが次に向かった先は少し大きな倉庫？　小屋みたいなところだ。なんだろう？　牛とかいるのかな？

村長は子供たちには外で待っているように言い、わたしたちは小屋の中に入る。

「糸？」

小屋に入ると女性たちが糸を作っているように見える。

「村の特産である、蚕（かいこ）の糸を加工しています」

この世界にも蚕がいるんだね。高級素材だよね。服とか作るのかな？

わたしは小屋の中を見渡す。なにかがおかしい。この小屋の中には違和感を感じる。でも、その違和感の正体が分からない。

わたしが悩んでいる間も村長は説明していく。なんでも、蚕は森の中で育てているという。その繭を村に運んできて、糸にして、布にしたりしていると。

繭………。

そ、そうだよ。繭だよ。繭が大きい。繭が人の頭以上の大きさがある。なんで、こんなに大きいの？

違和感は消えたが、新しい謎ができ上がってしまった。

糸や加工した布は王都に売られていくとのこと。壁にある棚を見るといろいろな種類の糸や布が置いてある。

「ユナさん。この布、綺麗だと思いませんか？」

シアは薄青色の布をわたしに見せてくれる。

「いえ、こちらの布のほうが綺麗ですわ」

カトレアとシアがお互いに選んだ布を競っている。わたしにはどれも綺麗に見える。マリクスとティモルは若干つまらなそうにしているが、黙って話を聞いている。

この布ってお土産で買っていくことはできるかな？　帰るときにでも聞いてみようかな。

小屋の中の説明も終わり、外に出る。

127 クマさん、村の人を助けに向かう

糸の作業現場の見学を終えたわたしたちは、外で待っていた子供たちと合流する。そして、また一緒に歩きだしたとき、遠くから叫び声が聞こえる。それと同時に、シアとカトレアが抱くくまゆるとくまきゅうが鳴く。

「魔物だ！」

その声でみんなに緊張が走る。わたしはすぐに探知スキルを使う。ゴブリンの反応が5つある。さらに少し離れた位置に3つ反応がある。わたしが確認したと同時に、人がやってくる。

「どうした？」

「村長、畑に魔物が現れた」

「どんな魔物だ？　数は？」

「ゴブリンだ。自分が見たのは3体だ」

正確には5体と、少し離れたところに3体だけど。

「男たちを連れていけ」

村長は指示を出す。そして、わたしたちのほうを見る。

「学生のみなさんは危険なので家の中にいてください」

探知スキルを見ると、1か所に集まりだし、5体が8体となる。これは危険かもしれない。

「シア」

小さな声でシアを呼ぶ。

「なんですか？」

「ゴブリンの数は3体じゃなくて、8体だよ。シアの判断に任せるよ。もし、家にいるなら、わたしが行ってくるけど」

流石に見ぬふりはできない。

「……いえ、わたしたちが行きます」

「でも、実地訓練と関係ないよ」

「今、ユナさんのお話を聞かなかったら、なにもせずに戻っていました。でも、話を聞いたら、そんなことはできません」

シアはマリクスたちのところに向かう。

「ゴブリンの数が増えたみたいだよ」

「シア？」

「シアさん？」

「それは本当なのか？」

シアの言葉にマリクスたちが驚く。

「この子が教えてくれたよ」

シアは抱いているくまゆるに目を向ける。

「マリクス、その剣は飾りなの？　ティモルもなんのために魔法があるの？　カトレア……」

「言わなくても分かっていますわ。自分を守り、弱者を守るための力ですわ」

カトレアは振り向くとわたしにくまきゅうを渡す。

「そうだな。みんな、行くぞ！」

マリクスが叫ぶと、村の男たちが行ったほうに走りだす。

村長は止めようとするが、4人は聞いていない。わたしも学生たちを行かせて、自分1人残っているわけにはいかない。わたしはくまゆるとくまきゅうを降ろすと、4人のあとを追いかける。


わたしが到着すると、ゴブリンと村の人が対峙していた。

マリクスが指示を出して、4人は拡散する。そして、確実にゴブリンを倒していく。8体ほどのゴブリン程度なら、十分に対処ができる。最後は村人と協力しあって、ゴブリンは全て倒された。

うん、わたしの出番はなかった。

昼食は村からのお礼を兼ねて、ご馳走が振る舞われた。

「このたびは魔物を倒していただきありがとうございました。おかげさまで大きな被害も出ませんでした」

「普段、今回のように村の近くまで魔物は現れたりするのですか？」

「いえ、少し離れた森の中で見かけることはありましたが、村の周囲にまで来ることはありませんでした。魔物もバカではありません。人が多くいる場所には近寄ってくることがないのです」

「でも、森の中では見かけていたんですか？」

「ええ。最近は数が増えていると報告もあって。そのため、冒険者ギルドに討伐の依頼を出すか、皆で話し合っていたところです」

村長が話す中、ティモルやカトレア、シアの視線がなぜかマリクスに向いている。

「なんだよ」

「いえ、マリクスのことだから、俺が行くとか」

「任せろとか」

「討伐してくるとか、言いだすかと思いまして」

「たしかに、襲われていれば助けるけど、近くをうろついているだけだろう。なら冒険者の仕事だよ」

村長の話では、ゴブリンはかなり離れた場所に生息しているそうだ。でも、人がいるこちら側に来ることはなかったという。

みんなと食事しながら話していると、ドアが勢いよく開く。

「親父！」

ドアが開くと男性が部屋の中に飛び込んでくる。

「ガラン！　なんだ、いきなり。客人の前だぞ」

「親父、それどころじゃない。蚕の巣の近くに魔物が現れた」

「なんじゃと」

「俺はどうにか逃げてきたが、グーンやゲルドが小屋に取り残されている」

「それで魔物の数は!?」

「ゴブリンが10体以上だ。でも、村に戻ってくる間も数体見かけた。20体以上はいたかもしれない」

「また、ゴブリンか。どうなっているんじゃ」

「親父、またってどういうことだ？」

「さっき、この村にもゴブリンが現れたんじゃ、それをここにいるみなさんが倒してくれた」

村長は立ち上がり叫ぶ。

「今はそれよりも男どもを集めろ。至急、助けに向かう」

「だが、主だった男どもは仕事に出ているぞ。今から男たちを何十人と集めるとなると時間が……」

さっきとはゴブリンの数が違う。倍かそれ以上だ。素人が数人程度でゴブリンに戦いを挑めば、逆にやられるかもしれない。倒すなら数を集めないといけない。

「とにかく、集められるだけ集めろ。話はそれからじゃ」

ここは冒険者のわたしが行くしかないね。わたしが口を開こうとしたとき、マリクスが椅子から立ち上がる。

「俺たちが助けに行きます」

「マリクス？」

全員がマリクスの言葉に驚く。

「人が魔物に襲われて困っているんだ。助けるのが普通だろう」

「でも、さっきは冒険者に任せるって」

「今とさっきでは状況が違うだろう。今、人が逃げ遅れているんだぞ。今すぐに助けに行かないと間に合わないかもしれない。村の人が死んでもいいって言うのか！　それに人を集めるにも時間がかかるなら、すぐに助けに行ける俺たちが行くべきだろう」

マリクスの言うとおり。今現在、魔物に襲われている。その隠れている小屋だって、いつまで無事か分からない。村の男たちをどれくらい集められるか分からないけど、準備に時間がかかれば間に合わない。

ここはわたしが行くしかない。

「シアたちも、マリクスになにか言ってよ」

わたしが行くと告げようとした瞬間、ティモルが先に口を開いてしまった。

「わたしは構いませんわよ」

「カトレア？」

「話によればゴブリンなんでしょう。少し数が多いみたいですが、どうにかなると思います。それに、自分が救える命があるのに、見捨てることはできませんわ。シアさんはどう思いますか？」

カトレアに聞かれたシアはわたしのほうをチラッと見る。わたしは無言のままフードを深く被り、無言を通す。エレローラさんには自由にさせるように言われている。でも、危険なときは助けるようにと。だから、学生たちが魔物を倒しに行くのは止めない。自分たちで考えて行動するのが実地訓練だ。シアたちが行くと言えば、わたしは一緒についていく。シアたちが行かないと言えば、わたしが助けに行く。

「シアさん？」

シアはカトレアに促され、もう一度わたしを見る。そして、すぐにカトレアたちを向いた。

「条件つきなら、いいよ」

「条件つき？」

「まずは無茶はしないこと。４人一緒に行動すること。そして、必ず勝てると思えなければばやめる。それと、ユナさんのクマさんの力を借ります。魔物の位置が分かれば、危険も少なくなるでしょう」

シアの提案に3人は考え込む。

「たしかにシアさんの言うとおりですわ。クマさんの力があれば危険度は下がります。助けるのが楽になります」

「そうだな」

マリクスも頷く。

「僕も、あのクマの力を借りるなら行ってもいいよ。後ろから襲われることもなくなるし」

「ユナさんもそれでいいですか？」

まあ、くまゆるとくまきゅうの力はすでに知っていることだし、断る理由にもならない。たぶんシアは、わたしを一緒に連れていくための口実にしたのかもしれない。くまゆるとくまきゅうの力が必要なら、わたしの同行も嫌とは言えないはずだ。口論になれば、それだけ時間を食うことになる。

だから、わたしはシアの提案を呑む。

「いいよ」

わたしが承諾すると、全員椅子から立ち上がり、助けに行く準備に取りかかる。

「みなさん……」

村長は学生たちの行動に戸惑っている。

「村長。誰か、道案内をお願いできませんか？」

村長が学生たちの顔を見る。

「考えている暇はないですよ」

「分かりました」

村長は先ほど家に入ってきた息子らしい男性を見る。

「ガラン。まだ学生さんたちだが、ゴブリンを倒す実力はお持ちだ。案内してやってくれ」

ガランと呼ばれた男性は学生たちを見る。そして、頷く。

「分かった。ついてきてくれ」

「みなさん、無理をなさらないようにしてください」

村長は頭を下げる。

マリクスたちは急いで出発する。


目的の小屋があるのは山の中腹あたりだという。わたしたちは山の入り口まで馬車で移動する。

「ここから先は馬車は通れないから、走っていく」

ガランさんは馬車を停めるとみんなに言う。

ガランさんが馬車から降りると、マリクスたちも続く。進む先には切り開いたように道がある。たしかに、馬車は通れそうもない。この道の先に村の人が逃げ込んだ小屋があるそうだ。

わたしたちは駆け足で道を進んでいく。

くまゆるとくまきゅうは小さな足でわたしの後を追いかけてくる。わたしは探知スキルを使う。まばらだが、魔物の反応がある。ゴブリンだけかと思ったがウルフの反応もある。

ちなみにくまゆるとくまきゅうには魔物が近くにいた場合、鳴くようにお願いしてある。

ガランさんを先頭に道を走る。道幅はそこそこ広いが、でこぼこになっている。

前にゴブリンの反応が2つある。くまゆるとくまきゅうも気づいたようで「「くぅ～ん」」と鳴く。

「ユナさん!?」

「魔物が来るよ」

ガランさんは歩みを止め、マリクスが前に出る。

「右から！」

わたしはゴブリンがいる方角を叫ぶ。マリクスとシアが右を警戒すると、右の森からゴブリンが2体現れる。マリクスとシアが危なげなく1体ずつ討伐する。

「ユナさん、他は？」

「大丈夫、近くにはいないよ」

わたしが言うとすぐに小屋に向かって駆けだす。

全員、口を開くこともせずに黙々と走る。わたしはクマの靴のおかげで疲れないけど、みんなは弱音を吐かずに走っている。若干、ティモルが辛そうにしているが、一生懸命にマリクスの後ろを走っている。

「また、右から来るよ」

わたしが叫ぶと、マリクスとシアが対処して、カトレアとティモルが後方から魔法で援護する。

「まだなんですか?」

「もうすぐだ」

マリクスの問いにガランさんが答える。わたしの探知スキルでも人の反応が確認できる距離まで来た。その周りには魔物の反応もある。小屋の中にいるためか、まだ無事みたいだ。間に合ってよかった。

わたし以外の全員は息を切らしている。もし、クマの装備一式がなかったら、間違いなく、森に入ってすぐに息が上がって、走ることはできなかったはず。引きこもりの体力なんてそんなものだ。

全員、ここでいったん息を整え、水分を補給する。

「ユナさん、凄いです。疲れないのですか?」

「まあ、冒険者だし。鍛えているからね」

はい、嘘です。鍛えたことなんてないです。あっても三日坊主です。

全員から、尊敬の眼差しで見られる。あのマリクスさえも、信じられないようにわたしを見ている。

「それじゃ、行くぞ」

ガランさんを先頭に走りだす。

ちょっとした上り坂を上がると、小屋が見えた。その周りには10体ほどのゴブリンがいる。

「マリクスどうする」

「早くしないと小屋が壊される。このまま倒しに行く。俺とシアとカトレアで突っ込む。ティモルは後ろから、全体の動きを確認しつつ、魔法で援護を」

「分かった」

「了解ですわ」

「後ろは任せて」

マリクスはわたしとガランさんには隠れているように言うと、駆けだしていく。だからと言って隠れているわけにもいかない。もしものことを考えて、わたしもマリクスたちに続く。

128　クマさん、黒虎と戦う

ゴブリンは小屋を叩いている。ところどころ破壊されている場所もある。だけど、ギリギリ間に合ったみたいだ。ゴブリンは小屋の中に入ろうとして、マリクスたちの存在に気づいていない。ゴブリンの数は全部で12体。

マリクス、シア、カトレアが初撃で3体倒す。それと同時に他のゴブリンがマリクスたちに気づく。

それに対して、ティモルが炎の魔法を放ち、ゴブリンを分散させる。だが、ゴブリン2体がティモルのほうにやってくる。

「カトレア！　ティモルの援護に！」

「そうなると、こっちが」

そうだ。カトレアがティモルのほうへ行くとマリクスとシアが7体を相手にしないといけなくなる。

「僕なら大丈夫」

ティモルは魔法を放つ。

「シア！　カトレア！　さっさと倒すぞ」

「了解！」

「分かったわ！」

マリクスは剣を振り、シア、カトレアは魔法と剣でゴブリンを倒していく。ティモルも自分で言ったとおり、一人でゴブリン2体を相手にする。でも、そのうちの1体がわたしとガランさんに向かってくる。

「嬢ちゃん、危ない！」

わたしの後をついてきていたガランさんがわたしの前に出ようとするが、わたしは風魔法でゴブリンの首を切り落とす。そんなわたしをガランさんはびっくりして見ている。

追加で5体現れたりしたが、奇襲が成功したおかげもあって、ゴブリンを殲滅(せんめつ)することができた。

「これで、終わりか？」

「そうみたいね」

ガランさんはゴブリンが倒されるのを確認すると小屋に向かって叫ぶ。

「グーン！　ゲルド！」

ガランさんが叫ぶと、壊れかけた小屋から周囲を確認しながら、男性が2人出てくる。

「ガランか？」

「もう、大丈夫だ。ゴブリンは王都から来た学生さんたちが倒してくれた。間に合ってよかった」

3人は無事を確認し合うと抱き合う。

「助かった。ありがとう」

3人はマリクスたちにお礼を言う。

「でも、どうして、ゴブリンがこっちに現れたんだ？」

「分からん。もしかすると、ゴブリンがすみかにしていた場所でなにかがあったのかもしれない」

一番可能性があるとしたら、冒険者の討伐から逃げてきた。もしくは、もっと強い魔物が現れて、巣を追い出されたかだ。

わたしが考えていると、森の奥から遠吠えが聞こえてくる。それと同時にくまゆるとくまきゅうが「「くぅ～ん！」」と大きく鳴く。

「ユナさん！」

尋常でないくまゆるとくまきゅうの鳴き声にシアが叫ぶ。わたしは探知スキルを発動させる。

なに!?

速い。探知スキルの範囲に入ってきたと思ったら、もの凄い速さでこっちにやってくる。

「全員、逃げるよ。いや、ダメ」

周囲を囲むように何十というウルフが近寄ってきている。その数はどんどん増えていく。

わたしだけならなんとでもなるけど。死角が多い森の中、みんなを守りながらは難しい。

考えている間に、探知スキルに入ってきた魔物は凄い速さでわたしたちのところに向かってくる。現れる先は――。

「みんな、小屋から離れて！」

わたしは叫ぶ。

「ユナさん！」

シアが叫ぶと同時に小屋が破壊される。

「なんだ！」

壊された小屋の奥から出てきたのは漆黒（しっこく）の毛皮に包まれた大きな虎だった。

「どうして、あんなモノがいるんだ」

「嘘でしょう」

シアたちは信じられないものを見るような目だ。信じたくないのだろう。そこには通常のくまゆるとくまきゅうよりも大きく、真っ黒い毛に包まれた獣。

顔は凶悪で、大きな牙がマリクスたちが倒したゴブリンを噛（か）み砕いている。

「……黒虎（ブラックタイガー）」

シアが黒い獣の正体を口にする。

ゴブリンを鋭い爪で切り裂き、大きな口で唸（うな）り声をあげる黒虎（ブラックタイガー）がいた。

周囲はウルフに囲まれている。下手に移動すれば襲われる。探知スキル外からも、どんどんウルフが集まる。数は100体以上になっている。

それにしても黒虎(ブラックタイガー)の移動速度は速かった。くまゆるとくまきゅうが反応して、わたしが探知スキルで確認したと思ったら、1分もかけずに現れた。

「なんで、あんな化け物がいるんだ」

小声でマリクスが口を開く。

その疑問に答えられる者はいない。みんな静かにゴブリンを食い殺している黒虎(ブラックタイガー)を見ている。

「とにかく、今は逃げるぞ」

「動いちゃダメ」

わたしは静止させる。マリクスが少し体を動かした瞬間、黒虎(ブラックタイガー)は鼻をヒクヒクさせながら、こちらのほうの匂いを嗅(か)いでいる。

わたしたちを獲物と認識するのも時間の問題だ。

「マリクス……」

ティモルとカトレアが心配そうにマリクスを見る。やっぱり、パーティーリーダーのマリクスに行動を委(ゆだ)ねるんだね。でも、この状況で経験の浅い学生に問うのは酷なことだろう。

ここはわたしが相手をするしかない。

それに黒虎(ブラックタイガー)とウルフをここで倒さないと村に被害が出る。たとえ、村まで逃げ込むことができたとしても、黒虎（ブラックタイガー）と１００体近いウルフを村に呼び込むことになる。そんなことになれば、何人の村の人が死ぬか分からない。村には幼く抵抗ができない子供や女性だっている。

もう、ここで黒虎（ブラックタイガー）を倒すしかない。

わたしがそう説明しようとしたとき、マリクスが唾（つば）を飲み込む。そして、なにかを決心した表情で口を開く。

「お、俺が囮（おとり）になる。その間に逃げてくれ」

「マリクス!?」

全員がマリクスの言葉に驚く。

もちろん、わたしも驚いた。まさか、マリクスがそんなことを言うとは思わなかった。

「今回は俺が言いだしたことだ。責任は取る」

「それはみんなで話し合った結果でしょう。マリクスの責任ではないわ」

カトレアの言葉に全員が頷く。

「でも、このままだと全員死ぬことになるんだぞ」

「それは……」

黒虎（ブラックタイガー）はゴブリンを食いながらも、周囲に気を配っている。わたしたちが逃げだそうとすれば襲ってくるだろう。

「俺が少しでも時間を稼ぐから、行ってくれ」

「それなら、全員で逃げれば」

「あれが逃がしてくれると思うのか？」

むさぼるようにゴブリンを食う黒虎（ブラックタイガー）の姿を見て、全員が唾を飲み込む。

「だから、おまえたちはガランさんたちを連れて逃げろ。俺が少しでも時間を稼いでいる間に」

やっと、冒険者のわたしの出番だね。護衛としてのわたしの役目が出てきた。わたしが口を開こうとした瞬間、今度はティモルが先に口を開く。

「マリクス、僕も残るよ」

「ティモル……」

「女の子を死なせるわけにはいかないからね。2人で囮になれば、それだけ時間を稼げるよ。どっちが先に襲われても恨みっこなしだよ」

「ティモル、カッコいいことを言ってるけど、手が震えているぞ」

ティモルの杖（つえ）を持つ手が震えている。震えているのは手だけじゃない。立っている足も震えている。

「はは、マリクスも震えているよ」

お互いに笑うが笑みに力がない。でも、2人は友情を確かめ合って笑っている。

わたしはこのシリアスなシーンの中にクマの着ぐるみの格好で入らないといけないんだよね。とっても入りにくいんだけど。

「俺たちが攻撃をしかけたら、走りだせ。分かったな」

マリクスはシアたちに向かって言う。

「マリクス、ティモル……」

カトレアは下唇を噛み締めている。ガランさんたちはどうしたらいいか分からず、口を開くこともできない。そんな中、シアが震える手でわたしの手を握る。

「ユナさん」

シアが強ばった顔でわたしを見る。わたしはそんなシアに向かって、ニッコリと微笑む。

「ティモル、行くぞ」

「う、うん」

2人が動きだそうとする瞬間、クマさんパペットで2人の服を掴む。

「なんだ⁉」

「周囲は100匹以上のウルフに囲まれているから、シアたちも逃げられないよ。逃げだすことができても、ウルフを村に呼び寄せることになるよ」

「それじゃ」

「ここはわたしの仕事だよ」

流石に2人を行かせるわけにはいかない。

「なにを言っているんだ」

「ここから先は冒険者の仕事だよ。あなたたちを守るのがわたしの仕事」

「おい、おまえが勝てるわけがないだろう」

わたしが一歩踏みだす。そんなわたしのクマ服をマリクスが掴む。

「大丈夫だよ」

わたしはくまゆるとくまきゅうを元の大きさに戻す。

「くまゆる、くまきゅう。みんなを守ってあげて」

くまゆるとくまきゅうは任せてと言っているように「「くぅ〜ん」」と鳴く。わたしとシア以外の全員が、大きくなったくまゆるとくまきゅうを見て驚いているが説明をしている時間はない。

「全員、くまゆるとくまきゅうから離れちゃダメだよ。側にいれば安全だから」

「ユナさん……」

心配そうにシアがわたしを見る。

「シア、みんなをお願いね」

「はい。頑張ってください」

わたしは手を上げて応える。

「シア、おまえもなにを言っているんだ。あんなクマに」

「マリクス。ここはユナさんを信じて」

「そんなことできるわけないだろう！　俺の責任なのに」

「大丈夫。ユナさんを信じて」

マリクスたちのことはシアに任せて、わたしは一人、黒虎（ブラックタイガー）と対峙（たいじ）する。

黒虎（ブラックタイガー）はわたしを見るとゴブリンを食べるのをやめる。そして、様子を窺（うかが）うようにわたしに視線を向ける。

こうやって、目の前にすると黒虎（ブラックタイガー）を大きく感じる。前に倒したタイガーウルフよりも一回りも二回りも大きい。そして、顔も凶悪だ。

同じ獣でもくまゆるとくまきゅうの可愛（かわい）らしい顔を見習ってほしいものだ。

様子を窺っていた黒虎（ブラックタイガー）はわたしを獲物と認識したのか、吠（ほ）えた瞬間ジャンプして、一気に距離を縮めてくる。鋭い牙が襲いかかってくる。

わたしは右に大きくステップをして躱す。

速い。

タイガーウルフよりも速く、力強さがある。でも、わたしもあのときより強くなっている。倒すだけなら、なにも問題はない。炎のクマを撃ち込めば終わる。問題は炎のクマを使うと確実に黒い立派な毛皮が燃えちゃうことだ。あの毛皮は家の敷物に欲しい。できるなら無傷で欲しいところだ。剣を使えば毛皮に穴があくし、風魔法でも同様だ。氷魔法で脳天に撃ち込んでも、穴があくし。やっぱり、水魔法で窒息死かな？

黒虎（ブラックタイガー）の攻撃を躱しながら、そんなことを考える。

試しに土魔法で動きを封じようとするが、動きが速くて捕らえることができない。地面から出る攻撃を全て躱される。

なら、これならどう。

黒虎(ブラックタイガー)の動くタイミングに合わせて、風魔法で地面から風を巻き上げる。黒虎(ブラックタイガー)も地面からの力を感じて大きくジャンプして躱そうとするが、風魔法が黒虎(ブラックタイガー)を上空に吹き飛ばす。

紐(ひも)なしバンジーだ。

黒虎(ブラックタイガー)はクルクルと回転しながら、かなりの高さまで舞い上がっていく。あの高さから落ちれば無傷ではすまないはず。だが、黒虎(ブラックタイガー)は上空で体勢を整えると猫のように綺麗(きれい)に着地をする。

マジですか。

あの高さから落ちて無傷とか。骨折ぐらいしようよ。

黒虎(ブラックタイガー)は着時と同時にわたしに向けて駆ける。すぐに土の壁を作り、進路を塞(ふさ)ぐ。

黒虎(ブラックタイガー)は壁を避(よ)け、回り込んでくる。そこにタイミングを合わせて、眉間(みけん)にクマのパンチを与える。

黒虎(ブラックタイガー)は後方に吹き飛び、地面を滑るように転がり、木にぶつかって止まる。しかし、なにごともなかったように立ち上がる。命中する瞬間、致命傷にならないように躱した。

思ったよりも強い。

う〜ん、綺麗な状態で討伐するのは難しいかな。動きが速いからクマのゴーレムで押さえ込むこともできないし。さっきの紐なしバンジーで怪我でもしてくれたら、楽に倒せたのに。

さて、どうしようか。

129　クマさん、黒虎とウルフを倒す

やっぱり、諦めるしかないかな。綺麗な状態の黒い毛皮が欲しかったけど、少しくらい毛皮に傷がつくのは諦めるしかないかもしれない。

黒虎の動きは速く、魔法の察知能力も高い。2度目のバンジーをしてくれない。風を起こしても躱される。2度目が効かないってどこの星座の聖〇士よ。あんた虎でしょう。

空気弾は躱すし、致命傷になる一撃が与えられない。わたしはクマボックスから剣を出す。

さて、斬ることはできるかな。

わたしが剣を構えると、黒虎は左右にジグザグ移動して、わたしに迫ってくる。鋭い牙がわたしに襲いかかってくる。避ければいいものの、わたしは持っている剣で防いでしまった。その勢いに押されて、馬乗り状態にされる。黒虎はわたしを噛もうとするが鉄の剣に阻まれる。黒虎は鉄の剣を噛む。目の前でガチガチと音をさせる。

わたしは足を曲げると、黒虎の腹を力いっぱい蹴り上げる。黒虎は空中に放りださ

れるが、クルッと回って綺麗に着地する。

わたしは左手で剣を構え、右手は魔法がいつでも使えるようにする。

黒虎（ブラックタイガー）はゆっくりとわたしの周りを回り始める。まるで、品定めされている感覚になる。本物の熊と勘違いしていないよね。わたしを食べても美味（お）しくないよ。

そんな、わたしの気持ちが通じるわけもなく、黒虎（ブラックタイガー）は少しずつ距離を縮めてくる。わたしの攻撃もそうだけど、黒虎（ブラックタイガー）の攻撃はどれもわたしに致命的なダメージを与えていない。そのイラつきからなのか、先ほどから「ギュルルル」と唸（うな）り声を上げて、牙が剝（む）き出しになるほど怒っている。

クマチートがなかったら普通に怖いね。クマさん装備にしても、魔法にしても安心を与えてくれる。もしなかったら、パニクっていた。そもそも、こんなところにはいない。

黒虎（ブラックタイガー）はわたしの後ろに回りこんだ瞬間、飛びかかってくる。後ろを振り向かなかったのは単調な攻撃を誘うため。わたしが後ろを振り向くと、大きな口がわたしを噛み砕こうとしている。

わたしは左手の白クマさんパペットが咥（くわ）えている剣を黒虎（ブラックタイガー）の口に向けて突き出す。

黒虎（ブラックタイガー）は剣に噛みつく。わたしが剣を押し込もうとした瞬間、剣が真ん中で折れる。

ヤバイ。普通の鉄の剣じゃ、黒虎（ブラックタイガー）の牙には勝てなかった。

黒虎（ブラックタイガー）の鋭い牙がわたしに襲いかかってくる。わたしはとっさに左手の白クマさんパペットで防ぐ。黒虎（ブラックタイガー）は白クマさんパペットに噛みつく。

痛い、痛い、痛い、痛い？　痛くない。

黒虎（ブラックタイガー）はヨダレを流しながら白クマさんパペットをガシガシ噛むが痛くない。流石（さすが）チート防具。

わたしは白クマさんパペットを噛んでいる黒虎（ブラックタイガー）の口に、無理やり白クマさんパペットを押し込み、そこに魔力を集め、口の中に炎の魔法を解き放った。

炎は黒虎（ブラックタイガー）の口の中、喉、肺、内臓を焼き尽くす。「肉を切らせて骨を断つ」。今回はわたしが無傷だから、「肉も切らせずに骨を断つ」ってとこかな。黒虎（ブラックタイガー）の噛む口は緩み、崩れ落ちる黒虎（ブラックタイガー）の体がわたしに伸（の）しかかってくる。

重くないけど、気分的に重い。わたしは黒虎（ブラックタイガー）を横にどかす。ドスンと音がして黒虎（ブラックタイガー）が地面に横たわる。

無事に討伐が終了した。

「ユナさん！」

わたしの名を呼ぶ声が聞こえてくる。声がしたほうを見ると、シアが心配そうに駆け寄ってくる。

「ユナさん、大丈夫ですか！」

「終わったよ。ちょっと時間がかかったけど」

手加減をしたとはいえ、倒すのに苦労した。でも、これで黒い虎の毛皮をゲットできた。

帰ったらフィナに解体をお願いしよう。

「信じられませんわ。あの黒虎(ブラックタイガー)を一人で倒すなんて」

シアに続いてカトレアやマリクス、ティモル、それからガランさんたちがやってくる。最後に護衛をしていたくまゆるとくまきゅうがやってくる。ちゃんとわたしのお願いどおりにみんなを守ってくれたみたいだ。

「みんなを守ってくれてありがとうね」

くまゆるとくまきゅうの首筋を優しく撫(な)でてあげる。

他のみんなは地面に倒れている黒虎(ブラックタイガー)を信じられないように見ている。

「本当に死んだのか？」

「信じられない」

「みんな。まだ、終わっていないよ」

わたしが向ける視線の先にはウルフがいる。それも一匹や2匹ではない。100匹以上のウルフが取り囲んでいる。わたしが黒虎(ブラックタイガー)と戦っている間、何度かウルフの遠吠えが聞こえていた。たぶん、仲間を呼び寄せたのだろう。黒虎(ブラックタイガー)が倒されて、ウルフは逃げだすかと思ったけど、逃げようとしない。逆に集まって数が増えてきている。

「ユナさん、ウルフが……」

シアが不安そうにウルフを見る。ウルフが次から次へと木の陰から現れる。

「こんなに」

「くまゆる、くまきゅう、もう少しみんなをお願いね」

「ユナさん？」

「もう少し仕事をしてくるよ」

「それなら、俺たちも。ウルフぐらいなら倒せる」

「足手まといだよ」

「そ、そんなことは……」

「邪魔するなら、くまゆるとくまきゅうに押さえつけさせるよ」

わたしの言葉にくまゆるは「くぅ～ん」と鳴いて、マリクスの前にやってくる。

「くまゆる、くまきゅう、もし勝手に動いたら、押さえつけておいていいからね」

わたしはくまゆるとくまきゅうにお願いをすると、一人でウルフの群れに向かって走りだした。


ウルフの討伐はわたしの一方的な戦いになる。攻撃が当たるっていいね。魔法を放てば命中する。攻撃をすれば確実に数は減っていく。そして、ウルフ討伐は黒虎(ブラックタイガー)を倒すほど時間をかけずに終わった。

「終わったよ。周囲には魔物もいないから、安全だよ」

「…………」

マリクスがなにか言いたそうにわたしのことを見ている。

「なに？」

「た、助かった。ありがとう」

マリクスが言葉を詰まらせながら礼を述べる。

「そうですわね。ユナさん、ありがとうございました。おかげで助かりました」

「ユナさん、ありがとうございました」

「その、ありがとう」

女子2人がお礼を言い、ティモルが続く。そこにガランさんも信じられないように周囲を見渡して、わたしにお礼を言う。

「その、ありがとう。嬢ちゃんのおかげで、グーンやゲルドが助かった」

「この子たちを守るのが、わたしの仕事だからね」

わたしは学生たちを見る。

その中でマリクスが相変わらずなにか言いたそうにしている。でも、ギュッと口を結んでいる。

本物の冒険者と思っていなかったわたしに助けられて複雑な気分なんだろうね。まして、強いとは思っていなかっただろうし。散々、バカにしたような発言もしてきた。

でも、これで一つ勉強になったはず。人（クマ）は見た目で判断しちゃダメと。

わたしは黒虎（ブラックタイガー）やウルフをクマボックスに仕舞（しま）い、帰る準備をする。帰る準備といってもマリクスたちが倒したゴブリンの後始末ぐらいだ。一応、ゴブリン討伐の証明として魔石の剝ぎ取りだけは忘れない。もちろん、剝ぎ取りはシアたち学生がする。なにごとも経験だからね。ちなみにわたしは、疲れたと言って見ているだけだ。

魔物の処理を終えたわたしたちは村へ帰ろうとすると、ガランさんがやってくる。

「その、お願いがあるんだがいいか？」

ガランさんが言いにくそうにわたしに尋ねてくる。

「この近くに蚕の巣があるんだが、確認しに行ってもいいか？　蚕の巣は村の大事なものなんだ。頼む。一緒に来てくれ」

ガランさんは頭を深々と下げる。

魔物はいないから大丈夫だけど、これだけの魔物に襲われたのだから不安にもなるのだろう。

「わたしはいいけど。学生たちに聞いてくれる？　さっきも言ったけど、ここには学生の護衛で来ているから」

ガランさんたちがマリクスたちを見るが、マリクスは下を向いて悩んでいる。そんなマリクスの代わりにシアがわたしに尋ねてくる。

「ユナさん、危険はないんですよね」

「ないよ。あったとしてもわたしが守るよ」

「それじゃ、行きましょう」

シアの言葉にカトレアもティモルも了承する。マリクスは小さく「分かった」と答えた。

そして、わたしたちは蚕の巣に向かって歩きだす。


もう、隠す必要はなくなったので、わたしはくまゆるに乗って移動する。わたしがくまゆるに乗るとシアとカトレアが羨ましそうにする。

「くまきゅうに乗る？」

「いいんですか？」

「よろしいんですか？」

2人は嬉しそうにくまきゅうに乗る。マリクスとティモルも羨ましそうに見ていたが定員オーバーだ。


ガランさんたちの案内で蚕の巣にやってくる。この世界の蚕って魔物だったんだね。探知スキルがしっかり反応している。

そして、わたしの目の前には予想外のものがいる。1m以上の大きさの蚕がウニョウニョと動き回っている。

「よかった。無事だ」

ガランさんたちは嬉しそうに近寄る。蚕は何事もなかったようにムシャムシャと葉っぱを食べている。

周りを見渡すが被害はない。襲われた様子もない。黒虎はここには来なかったみたい。

まあ、来たとしても虫を食べるとは思えないけど。とりあえず、蚕には被害はない。

それにしても蚕は気持ち悪い。ゲームでもそうだったけど、昆虫型の魔物は苦手だ。都会育ちで引きこもりのわたしは昆虫との接点があるわけもなく、苦手だ。その苦手な虫が人間サイズで動いているんだ。顔がリアルに造られるとトラウマものだ。

ゲームをやっていたとき、シークレットイベントがあった。

イベントの内容は「ゴキブリを退治しよう」。

イベント開始と同時に阿鼻叫喚となった。わたしはゴキブリを目にして、すぐにログアウトしたが、数日間恐怖にうなされた嫌な思い出がある。ゴキブリの大きさが人間のサイズだったのだ。人間サイズのゴキブリが地面を這っている姿は恐怖以外のなにものでもない。イベントもすぐに中止となり、謝罪のアイテムが送られてきた。

スタッフもよくあんなにリアルに作ったと、一部のゲーマーからは称賛されていたけど。あれだけはリアルに作っちゃいけない。鳥肌ものだ。

そんなこともあり、虫には苦手意識がある。

流石に蚕はゴキブリと違って動きも遅いし、襲ってこないから、うなされることはないけど。大きさが、やっぱり生理的に受け付けない。

わたしは蚕から視線を逸らし、繭を見る。繭も大きい。蚕が大きいから繭も大きかったんだね。謎は解けたけど、知りたくない事実だった。

そして、無事に蚕の確認を終えたわたしたちは村に帰ることになった。

130　マリクス、クマさんの戦いを見守る

「みんな、小屋から離れて！」

クマが叫ぶと同時に俺たちの目の前に真っ黒い虎が現れた。俺の記憶が間違いでなければ黒虎だ。凶悪な魔物だ。どうして、こんな魔物がここにいるんだ。

逃げだそうとしたがクマに止められる。俺が動いた瞬間、黒虎の顔がこちらに向けられた。

俺たちは動くことができない。一歩でも動けば襲われる。

黒虎はゴブリンを食っている。俺たちも食われるのか。みんなに視線を向けると、青白い顔をして、恐怖で震えたりしている。どうしたら、いいんだ。このままでは間違いなく、襲われる。

「…………」

喉が渇いてくる。俺は唾を飲み込んで決める。

「お、俺が囮になる。その間に逃げてくれ」

俺が囮になって時間を稼ぐことができれば、みんなは逃げることができるかもしれない。

俺の言葉にみんなは驚く。シアが止めるが、このままでは全員殺される。誰かが残らないといけない。

「マリクス、僕も残るよ」

「ティモル……」

「女の子を死なせるわけにはいかないからね。２人で囮になれば、それだけ時間を稼げるよ。どっちが先に襲われても恨みっこなしだよ」

ティモルが震える声で言う。怖いくせに無理をしているのが分かる。でも、その言葉は嬉しい。

「ティモル、カッコいいことを言ってるけど、手が震えているぞ」

それは俺もだ。俺の手も震えている。俺たちはお互いの顔を見て笑う。

俺たちが決心して、駆けだそうとした瞬間、クマに止められる。なんでも周囲は１００匹以上のウルフに囲まれていて、逃げだすことはできないという。たとえ、逃げだすことができたとしても、ウルフや最悪、黒虎（ブラックタイガー）を村の中に呼び寄せることになると言われた。

だったら、どうしたらいいというんだ！

俺たちが絶望に浸っていると、クマがバカなことを言いだした。わたしが戦うと。

目の前にいる凶暴な黒虎（ブラックタイガー）が見えないのか。おまえみたいな変な格好をしている女が勝てる魔物じゃない。

もちろん、俺だって勝てない。もし、戦うことになれば、一瞬で殺される。初撃を躲して、数分でも時間を稼ぐことができれば運がいい。

でも、クマは俺たちを守るのが仕事だと言う。名前だけのCランク冒険者が魔物に通じると思っているのか。俺は憤（いきどお）りが隠せない。

でも、その気持ちもクマの行動で失（う）せてしまう。クマの側にいた小さなペットのクマがいきなり大きくなったのだ。

なんだ、なにが起きている？　全員驚いているのに、シアだけは驚いた様子がない。

クマはシアとペットのクマに俺たちの護衛を任せると、一人で黒虎（ブラックタイガー）に向かって歩きだす。本気で黒虎（ブラックタイガー）と戦うつもりみたいだ。

俺はクマに向かって手を伸ばすが、俺の手は空（くう）を切り、クマの服を掴（つか）むことはできなかった。

「マリクス……」

ティモルが心配そうに声をかけてくる。俺たちも一緒に行くべきか。俺が体を動かそうとしたとき、前を塞（ふさ）ぐように黒いペットのクマが移動する。そして、「くぅ～ん」と鳴く。

あのクマじゃないから話している言葉なんて分からない。でも、分かる。黒いペットのクマは俺たちを行かせないようにしている。

「なんなんだよ。そこをどけよ！　おまえのご主人様が死ぬかもしれないんだぞ」

でも、黒いペットのクマは動こうとはしない。

「マリクス、落ち着いて。ユナさんの言っていることが本当ならウルフが近くにいるから」

「クソ」

俺はクマに視線を向ける。

黒虎(ブラックタイガー)はクマが近づくと唸(うな)り声をあげて、ゴブリンを食うのをやめた。牙をむきだしにして、今にもクマに襲いかかりそうだ。ここにいても怖い。足の震えが止まらない。なのにあのふざけた格好をしたクマは黒虎(ブラックタイガー)に向かって歩いていく。俺はなにもできない。無力だ。

俺たちが見つめる中、戦いが始まる。クマが攻撃を仕掛ける。そのあとは夢の中にいるような光景が繰り広げられた。

黒虎(ブラックタイガー)と対峙(たいじ)したクマは互角の戦いをしている。黒虎(ブラックタイガー)の攻撃を躱し、クマは魔法を放つ。どれも強力な魔法だ。それにあの動きはなんだ。黒虎(ブラックタイガー)の速い動きに引けを取らない。攻撃をする。攻撃を躱す。そんな攻防が繰り返される。

「シア、おまえは知っていたのか？」

あのクマについて知っていそうなシアに尋ねる。初めてあのクマを見たときから、シアだけは反応が違った。クマを見る目が違った。俺がクマのことをシアに任せると嬉しそうに引き受けた。シアはなにかを知っている。

「シア、教えてくれ」

シアは俺の問いに少し悩むが口を開く。

「ユナさんのことは前から知っているよ」

「やっぱり知っていたんだな。本当にあのクマはCランクの冒険者なのか？」

「そうだよ。ユナさんは実力でCランクになった冒険者。決して名ばかりの冒険者じゃないよ」

シアの言葉が俺は信じられなかった。でも目の前の攻防を見れば、嘘ではないことが分かる。

「あの黒虎に勝てると思うか？」

どっちも致命傷は与えられていない。どっちかというとクマのほうが押されている。

「分からない。でも、ユナさんは強いよ。ユナさんは一人で、ゴブリン100匹の討伐、ゴブリンキングの討伐、タイガーウルフの討伐、ブラックバイパーの討伐、さらにザモン盗賊団を壊滅させたって話だよ。それ以外にもお父様とお母様はなにか隠しているようだったけど」

「冗談だよな…………」

ゴブリン100匹、ゴブリンキング、タイガーウルフ、ブラックバイパー、ザモン盗賊団の討伐。

ザモン盗賊団のことはお城で騎士をする親父から聞いている。国王陛下の誕生祭のときを狙って現れた盗賊団。なんでも、冒険者が盗賊団の一部を捕まえたことによってアジトが分かり、討伐ができたと聞いた。親父もそれに参加して、数日家を空けていた。

話を聞けばアジトに残っていた盗賊は大した数ではなかったらしい。主だった盗賊は冒険者によって討伐されたあとだったと聞いた。それをあのクマが一人で？

それにブラックバイパー？　シア、なにを言っているんだ。

「嘘だよな」

信じられない。信じたくなかった。あのふざけたクマの格好をした女がそんなに強いなんて。でも、目の前では高度な魔法を使った戦いが繰り広げられている。

そもそも黒虎（ブラックタイガー）が怖くないのか。俺たちがなにもできずに見ている間もクマの格好した女は1人で黒虎（ブラックタイガー）相手に戦っている。俺よりも小さく、俺よりも年下の少女。

「でも、シアさん。どうして、ユナさんが強いってことを教えてくれませんでしたの？」

「黙っていることが、わたしの試験の一つだったんだよ。ユナさんはあんな格好をしているでしょう。絶対にマリクスたちとトラブルになる。それを上手に仲違（なかたが）いさせないようにするのが試験だったの」

「なんでまた、そんなことを」

「上に立つ者は言えることと言えないことがある。でも、部下や仲間を仲間割れさせるわけにいかない。その練習の一環だったの。それにみんなに言っても信じなかったでしょう」

「…………」

たしかに信じなかったと思う。あんな、変な格好をしたクマが強いとは思わない。自分よりも小さい女の子が強いとは思わない。Cランク冒険者と言われても信じなかった。年下の学生ぐらいにしか思わなかった。なにかの課題かと思った。だから、シアに守るように言った。でも、実際は逆だった。俺たちが守られていた。

「これはわたしの想像だけど。ユナさんが護衛役として参加すれば、見た目のせいで誰も護衛役とは思わない。お母様のことだから、その状況でみんながユナさんをどう扱うかを、楽しんでいたと思う」

エレローラ様ならありえそうだ。俺もクマが護衛役とは思わなかった。

「もっとも、お母様も黒虎（ブラックタイガー）と遭遇するとは思っていなかったと思うけど」

こんな魔物が現れることを、誰が想像するんだ。

そして、誰が信じるんだ。俺よりも小さなクマの格好した女の子が黒虎（ブラックタイガー）と互角に戦っていることを。きっと、このことを他人に話しても、信じる者は誰一人いないはずだ。

俺だって実際に見なければ、笑ってバカにする。ありえないと。

それでも、目の前で俺たちを助けるためにクマの格好をした女の子が一人で戦っている。

俺たちは黙ってクマを……、いや、ユナさんを見守る。俺にできることはなにもない。

ユナさんと黒虎（ブラックタイガー）の戦いは続く。

ユナさんは俺たちを守るために、黒虎（ブラックタイガー）との戦いを続けている。鋭い爪を躱し、尖（とが）った牙を躱す。ユナさんの動きは速く、放つ魔法はどれも強力だ。

なんなんだ。どうやったら人にあんな速い動きができるのか。あんなに速く魔法が発動できるのか。あんなに強力な魔法が何発も撃てるのか。

こんなことができるのはトップクラスの冒険者ぐらいしかいない。

今のユナさんの戦いを見ればシアの言葉に嘘がないことは分かる。

初めは一緒に戦うつもりだったが、あの戦いの中に入ることはできない。邪魔になることはあっても、助けになることはない。口の中に鉄の味が広がる。どうやら、気づかないうちに唇を噛み切っていたみたいだ。俺は無力な人間だ。

「ユナさん！」

俺が目を一瞬離したとき、シアが叫ぶ。黒虎（ブラックタイガー）がユナさんに覆い被（かぶ）さっていた。しかも、牙がユナさんの手に噛みついている。

俺は助けに行こうと体を前に動かす。俺が一歩踏みだすと、ユナさんのクマが邪魔をする。

「おまえのご主人様が危ないんだぞ！」

俺は叫ぶ。でも、クマはどこうとしない。俺の視界がクマによって塞（ふさ）がれた瞬間、ユナさんがなにかをすると、黒虎（ブラックタイガー）は横に倒れた。クマの隙間からしか見えなかったので、なにが起きたか分からなかった。

「なにが起きたんだ？」

「ユナさんが黒虎（ブラックタイガー）の口の中に手を入れて、魔法を放ったんですわ」

カトレアが説明してくれる。

本当に倒したのか？　黒虎（ブラックタイガー）は動かない。

シアがユナさんの名前を叫びながら駆けだす。俺も無意識に駆けだしていた。

凄い、こんなに強い冒険者、初めて見た。

さらに、ユナさんは一人で周囲にいるウルフの群れを討伐しようとする。

ウルフなら、ユナさんの手伝いができると思ったけど、足手まといと言われる。悔しいけど、事実かもしれない。俺はユナさんのクマに守られながら、ユナさんがウルフを討伐するのを見ることしかできなかった。

１００匹近くのウルフはユナさんの手によって、簡単に倒された。

131　クマさん、村に戻ってくる

蚕（かいこ）の巣を確認したわたしたちは村に戻った。くまゆるとくまきゅうは大きいままだと驚かれるので、子熊に戻している。マリクスたちは驚いていたけど、深くは尋ねてこなかった。

入り口に村長と武器を持った数名の村人が立っている。

「ガラン、それにゲルドにグーンも無事だったか」

「学生とそこのクマのお嬢ちゃんが助けてくれた」

ガランさんはマリクスとわたしに視線を向ける。村長はわたしたちのところにやってくる。

「みなさん、村の者を助けてくれて、ありがとうございます。感謝の言葉もありません」

村長は前にいるわたしをスルーして、マリクスやシアたちの手を握って何度もお礼を言う。別にお礼が欲しいわけじゃないけど、寂しい。マリクスが村の人をゴブリンから助けたのは事実だ。わたしが助けたのはマリクスやシアたち学生だ。村の人はおまけと言ってもいい。だから、感謝はマリクスたちがされるべきなのは分かっているけど、スルーされるのは寂しいものだ。

「俺たちは別に、倒したのは……」

何度もお礼を言う村長に、マリクスはチラッとわたしのほうを見る。

「親父、彼らがグーンたちをゴブリンから助けてくれたのは間違いないが、そのあとに現れた黒虎を倒し、１００匹におよぶウルフを一人で倒してくれたのが、こっちのクマのお嬢ちゃんなんだ」

ガランさんがスルーされているわたしの功績を話し始める。村長がわたしと息子のガランさんを見る。

「黒虎だと？」

村長はガランさんの言葉に驚きの表情を浮かべる。

「黒虎が現れたのか？」

村長はガランさんの言葉が信じられないのか、一緒にいた2人に尋ねる。でも、答えは同じだ。

「村長、信じられないのは分かる。俺もこの目で見ても信じられない。でも、ガランの言うとおり凶暴な黒虎を倒し、１００匹以上のウルフを、クマのお嬢ちゃんが一人で倒してくれた」

この場にいた全員がわたしを見る。

「まあ、普通は信じませんわよね」

「僕も信じないと思う」

「誰も信じないと思うぞ」

マリクスたちからも否定的な言葉が飛んでくる。

「でも、ユナさんが黒虎（ブラックタイガー）を倒してくれたのは事実だ」

「そうですわね。わたくしたちを守り、黒虎（ブラックタイガー）を倒し、ウルフを倒したのは間違いなくユナさんですわ」

「この目で見ても信じられないけど」

あらためて、全員の視線がわたしに集まる。

「それで倒された黒虎（ブラックタイガー）は?」

「ここにあるよ」

わたしはクマボックスから黒虎（ブラックタイガー）を取り出す。

「これは……」

出された黒虎（ブラックタイガー）に驚く村長。

「本当に大きいな」

最終的には黒虎（ブラックタイガー）を見せ、息子のガランさんと助けた2人からの証言もあって、信じてもらえることになった。

それから、ガランさんから、蚕の巣の報告などがされる。

「そうか、蚕も無事だったか」

「これも、学生さんとクマのお嬢ちゃんのおかげだ」

「本当にみなさん、ありがとうございます」

何度もお礼を言う村長。今度はちゃんとわたしにもお礼を言う。

「でも、冒険者ギルドに依頼をして、森の中を確認したほうがいいよ。倒したのは、あくまで襲ってきた魔物だけだからね」

「はい、今日中に早馬を走らせるつもりです」

なら、安心かな。

マリクスも危険な目に遭ったのだから、自分たちが討伐するとは言いださない。まあ、マリクスたちなら、ゴブリンやウルフぐらいなら倒せる実力があることはこの数日で分かった。

報告を終えたわたしたちは、部屋で体を休める。

シアはくまゆるを抱きしめながらベッドに倒れる。

「はぁ、疲れました」

「本当ですわ。ユナさんがいなかったらと思うと、体が震えてきますわ」

カトレアはくまきゅうを抱きしめながらベッドに腰を下ろす。

そろそろ、くまゆるとくまきゅうを返してほしい。なんというか手持ちぶさただ。2人がくまゆるとくまきゅうを触っているのを見ると、無性に触りたくなってくる。

「ユナさん強かったんですね」

「弱いとは言っていないよ」

「そうですが、その可愛らしいクマさんの格好を見れば、誰も強いとは思いませんわ」

たしかに。これが狩人みたいにクマの毛皮を羽織っていれば、少しは強く見えたかもしれない。想像してみるが、わたしがクマの毛皮を着ても、強そうには全然見えそうもない。

やっぱり、見た目が大事ってことだね。


コンコン。

わたしたちが部屋で休んでいるとノックされ、ドアの向こうからマリクスの声が聞こえた。

「ちょっと、いいか？」

シアとカトレアが了承するとマリクスとティモルが部屋の中に入ってくる。

「どうしたの？」

「その、なんだ」

マリクスが言いづらそうに下を見ている。これは……まさかの告白タイムなの!?

修学旅行でよくあるという噂のイベント。わたしは行ったことがないから実際は知らないけど。修学旅行に行くとカップルが量産されるという。もしかして、この実地訓練も似たようなもの!?

告白相手はシア、それともカトレア？　どっちなの？

マリクスの声に聞き耳を立てる。

「明日、出発する前に謝りたくてな」

「謝る？」

シアが頭に「？」マークを乗せる。わたしの頭にも「？」が乗るよ。どういうことなの？　告白じゃないの？

「わたし、なにかされたっけ？」

「おまえじゃねえよ。ユナさんにだよ。ユナさんに謝りに来たんだよ」

今、ユナさんって聞こえたんだけど。聞き間違い？　今まで「クマ」とか「女」とか呼ばれていたのに「ユナさん」？　なんか、体がブルッと震えたよ。でも、それ以前にわたしに謝罪？

「ティモルと話し合ってな。明日、出発する前に謝ろうと思ってな」

謝るってなにを？　特になにかをされた記憶はないんだけど。無視をされたり、クマってバカにされたぐらいかな？　まあ、それはいつものことだから、気にしていないけど。

「俺たちはユナさんを冒険者だと信じなかった」

まあ、クマの着ぐるみを着た女の子を冒険者とは思わないよね。

「強いことを信じなかった」

今までの経験からすると、初めてわたしを見て、強いと思った人は誰一人いないと思うよ。わたしだって、クマの着ぐるみを着た女の子を見かけて「あれは強い冒険者だ」って思わない。

「変な格好をした女ってバカにした」

ああ、たしかに言われたね。わたしもこんな格好をしている者がいたらバカにする。笑わなかっただけ、マリクスはマシかもしれない。

「危険なことをする場合は、同行する冒険者の指示を仰ぐことになっていたのに、しなかった」

そんな決まりがあったんだ。知らなかった。でも、わたしのことを冒険者として見てなかったんだからしかたない。

「あと、ペットのクマにもお礼を言いたい」

シアとカトレアに抱きしめられていたくまゆるとくまきゅうが首を傾げる。

「俺たちを守ってくれて、ありがとう」

取り巻くウルフをくまゆるとくまきゅうが威嚇して、追い払ったそうだ。

「気にしないでいいよ。隠していたのはわたしだし。エレローラさんにあなたたちを自由に行動させてほしいって頼まれていたし。危険がなければ、わたしはなにもしなかったよ」

「でも、実際は僕たちを陰から守っていたんですよね」

「それが仕事だし」

「僕は黒虎と戦うことになったとき、死を覚悟しました。それをユナさんが救ってくれました」

「俺が言いだしたことだったのに、ユナさんが尻拭いをしてくれた。俺はゴブリンぐらい倒せるといい気になっていた。みんなが死なずにすんだのはユナさんのおかげです」

う〜ん、なんだろう。素直にお礼を言われると、背中がむず痒くなってくるんだけど。

「さっきも言ったけど、気にしないでいいよ。黒虎のことは誰も想像できなかったし、マリクスは村の人を助けるために行動しようとしただけでしょう。それにわたしの格好を初めて見て、冒険者と思う人は誰もいないよ」

「でも……」

「それに2人になにかされたわけじゃないし。もし、喧嘩を売られてたら買ったけど。だから、気にしないでいいよ」

「…………」

「…………」

マリクスとティモルはなにか言いたそうにする。シアもカトレアも黙って聞いている。長い沈黙って堪えられないんだけど。

コンコン。

ドアがノックされ、沈黙が破られた。

シアが返事をすると村長の奥さんが部屋に入ってくる。

「マリクスさんとティモルさんはこちらにいらしたんですね。お部屋に行ってもいなかったので、どちらに行かれたのかと思いました」

「すみません。ちょっと、話すことがあったので」

マリクスは謝罪をする。

「食事の準備ができていますが、どういたしますか？」

「大丈夫です。いただきます。ありがとうございます」

マリクスの言葉に全員頷く。

「みなさん、行きましょう」

「うん」

カトレアが言うとみんなが動きだす。


夕食は奥さんの豪華な料理が振る舞われた。村長からはあらためて何度もお礼を言われる。そして、わたしに特別、お礼がしたいと言われた。

「学生のみんなを守るのが仕事ですから、気にしないでください」

「ですが、黒虎が村に来ていたらと思うと、感謝の言葉もありません」

たしかに、黒虎が村に現れたら、かなりの人が殺されたはずだ。

「それで、大したお礼ではないのですが」

村長が奥さんに向かって視線を向けると、奥さんは隣の部屋に行き、綺麗な布や糸を持ってくる。

「こちらを受け取ってください」

「これって……もしかして、あの繭の」

「はい、あの繭から作られた布です。この布で好きな洋服などを作ってください」

えっと、それはわたしに、このクマの服を脱げって言っているのかな？

「ユナさん、いいな～」

シアが布を手に取って羨ましそうに言う。

「どれも高級品ですよ」

やっぱり、高級品なんだ。あの、でかい蚕からだと思うとあれだけど、品物は悪くない。

「一級品を選ばせてもらいました」

「そんなものをもらっていいの？」

「息子のガランから詳しく聞きました。人を見た目で判断してはいけない。ユナさんがいなければ全員殺されていた。村も被害が出ていたかもしれない。蚕も被害が出ていたかもしれないと、さんざん言われました。是非受け取ってください。わたしたちからの感謝の気持ちです」

「たしかに黒虎やウルフを倒したのはわたしだけど。別に村を救うために倒したわけじゃないよ。この子たちを守っただけだよ」

わたしはシアたち学生を見る。今回はみんなの護衛で来ただけだ。倒したのは、なりゆきだ。

「それでも、村の住人を救ってくれたのは事実です。受け取ってください」

村長がゆっくりと頭を下げる。村長はわたしが頷くまで頭を上げようとしない。

「その、それじゃ、ありがたくもらいます」

村長は嬉しそうに頭を上げてくれる。

でも、蚕の繭を見たときに欲しいと思ったのは本当だ。くれると言うなら、ありがたくもらっておくことにする。


その日の夜、シアとカトレアはベッドに倒れるとすぐに寝息を立てた。たぶん、マリクスやティモルも寝ているだろう。

ちなみにくまゆるとくまきゅうはシアとカトレアの腕の中だよ。わたしは今日も一人で寂しく眠ることになった。

132　クマさん、プリンを食べる

翌日、眠そうにしている4人の姿がある。まだ、疲れが取れていないのかな？

「それでは馬車に荷物を積んでおきましたので」

村長はマリクスに説明をしている。

「荷物って」

小声で隣にいるシアに尋ねる。

「今度はこの村から王都まで運ぶ荷物です。昨日、ユナさんがもらった糸や布だと思います」

なるほど、特産品ってわけね。村長がマリクスとの会話を終えるとわたしのところにやってくる。

「ユナさん、今回はお世話になりました」

「お礼なら、昨日の食事のときにたくさん聞いたよ」

「ですが……」

村長はまだなにか言いたそうにするが、昨日さんざんお礼は聞いた。

「それでは、近くにお越しになりましたら、寄ってください。いつでも歓迎します」

村長と村人たちに見送られて馬車は王都に向けて出発する。

村を出発したわたしたちは馬車に揺られながら進む。

「それにしても、こんな大変なことになるとは思いませんでしたわ」

「悪かったな」

カトレアの言葉に馬車を運転するマリクスが謝罪する。

「別にマリクスのせいではありませんわ。村の人を助けに行くことを決めたのは全員です」

「そうだよ」

「マリクス一人の責任ではないよ」

「その、ありがとうな」

マリクスがお礼を言うとみんなが笑いだす。なんだかんだで、いいメンバーだ。

「でも、ユナさん。今回のことは報告するんですよね」

「まあ、それが仕事だからね」

「うわあああ。絶対に減点だよな」

「しかたないよ」

「そうですわ。諦めも肝心ですわ。それに、わたしたちは間違ったことはしていないでしょう。わたしは村の人を助けに行ったことを間違いとは思っていませんわ。でも、冒険者であるユナさんの指示を仰がなかったのはダメでしたわね」

「そうだけど。あのときはユナさんが、あんなに凄い冒険者だと思わなかったしな」

「シアも人が悪いよな。黙っているなんて」

「話したと思うけど、それがわたしの試験の一つだったんだよ。わたしもこれで、かなりの減点だよ」

全員がため息を吐く。

「もう、諦めましょう」

「そうだな。村の人は助かった。みんなも怪我一つない。よしとしないとな」

「それもユナさんのおかげだよね」

でも、これって教師だったら、どう採点するんだろうね。

人が困っているのを見捨てずに行動する。プラス。

冒険者でもないのに、危険なことをする。マイナス。

それ以前に護衛役として、わたしが止めるべきだったのかな?

でも、危険と思わない限り自由にさせてほしいと言われていたし。ゴブリンぐらいなら、問題はないと判断した。黒虎と100匹のウルフに関しては予想外の出来事だ。

見守るって難しいよ。

それから馬車は進み、昼食は村でもらったパンを食べる。やっぱり、モリンさんのパンのほうが美味しい。なにか、違うんだよね。だからといって、村でもらったパンがまずいわけじゃない。モリンさんのパンが美味しいだけだ。わたしはパンを食べ終わると。少し物足りない感じがしたので、デザートにプリンを取り出す。糖分の補充にもなる。

わたしはプリンを食べ始める。やっぱり、デザートは甘いものだよね。

「ああ！　ユナさん。一人でプリンを食べている！」

わたしがプリンを食べていると、シアが目ざとく気づいた。

「シアも食べる？」

「いいんですか？」

わたしはクマボックスからプリンを取り出し、シアに渡す。

「ありがとうございます」

お礼を言うとシアも食べ始める。

「ああ、美味しいです」

わたしとシアがプリンを食べていると、カトレアが驚いた表情でわたしたちを見ている。

「ユ、ユナさん、シアさん。そ、それは……もしかして……」

「プリンだけど、知っているの？」

スプーンですくい、一度カトレアに見せてから口に運ぶ。

やっぱり、プリンは美味しいね。

「知っているもなにも、国王誕生祭の晩餐会で出された料理……」

ああ、国王の晩餐会のときか。カトレアの言葉でノアの言葉が思い出される。晩餐会で出たプリンで会場が騒ぎになったとか言っていたっけ。そんなことすっかり忘れていたよ。

「カトレア、あの晩餐会に参加したの？」

「はい、参加させていただきましたわ。そのときに食べた感動は今でも忘れられませんわ」

プリンの味を思い出したかのように目がとろけている。大袈裟な。ただのプリンだよ。

「ユナさん、そのプリンはどうしたのですか？」

言っていいのかな？　でも、クリモニアで販売しているし、わたしが関係者ってことはクマの置物のせいで知られているし、今さらだよね。

「プリンはユナさんが作ったんですよね」

わたしが答える前にシアが答える。

「そ、そうなんですの!?　それじゃ、晩餐会のときの伝説のプリンを作った謎の料理人はユナさんだったのですね!?」

「一応、そうなるのかな」

さっきから伝説とか謎とか、プリンにどんなことが言われているのよ。

「シアさんは知っていましたの？　誰が作ったのか、国王様に誰が尋ねても教えてくださいませんでしたのに」

「わたしは晩餐会の前にユナさんからご馳走になっていたから」

ピザも一緒に食べたっけ。そんなに前のことじゃないけど、懐かしい。カトレアの目は先ほどから、わたしの持っているプリンに向けられている。

「えーと、カトレアも食べる？」

カトレアがもの凄く、物欲しそうにしているので、カトレアの分も出してあげる。

「いいのですか？　ありがとうございます」

カトレアは嬉しそうにプリンを受け取り、食べ始める。

「ああ、この味ですわ。シアさんは何度も食べていたなんて、ずるいですわ」

「でも、わたし以上に妹のほうがもっとずるいよ」

「どういうことですの？」

「クリモニアの街のユナさんのお店では誰でもプリンが買えるようになっていて、妹のノアはしょっちゅう食べに行っているんだよ」

ノアはたまに家を抜け出して食べに来ている。それでメイドのララさんに怒られている姿を何度か見ている。

「ユナさんのお店!?」

「クリモニアの街にユナさんのお店があるんだよ。しかも、このプリンが誰でも食べられる価格で販売されて大人気とか」

「国王の晩餐会で出た伝説の料理が、一般のお店で販売されているのですか……」

言葉にならないのか、呆然（ぼうぜん）とプリンとわたしを見ている。そんな大袈裟な食べ物じゃないよ。

「でも、お店って、ユナさんは冒険者ではなかったのですか？」

「冒険者だけど、お店のオーナーかな？　お店は人に任せているからね」

わたしが口を出すことはほとんどない。たまに新作のパンのアイディアを出して、モリンさんが美味しくアレンジするぐらいだ。

「そうなんですか。クリモニアに行けばプリンが食べ放題……」

制限があるから食べ放題ってわけじゃないよ。

「だから、早くクリモニアの街に戻りたいんだよね」

「あら、そのときはわたくしも一緒に連れていってくださいね」

女子たちがそんな会話をしていると、マリクスとティモルがこちらを見ていることに気づいた。どうやらプリンが気になるようだ。しかたないので、2人にもプリンを出してあげた。

133 クマさん、他の学生と合流する

わたしは今日も馬車に揺られている。村を出発してからなにごとも起きずに進んでいる。行きに出合ったゴブリンも黒虎（ブラックタイガー）から逃げだしてきたものだったと思う。黒虎（ブラックタイガー）がいなければ、ゴブリンも街道まで出てくることもなかった。なんとも平和な帰り道だ。

行きもこんな感じで、村でもなにも起きなかったら、楽な仕事だったかもしれない。

それにしても、くまゆるとくまきゅうが側にいないだけで、寂しいものだ。くまゆるとくまきゅうは子熊になって、相変わらずシアとカトレアに抱かれている。いつも、どちらかはわたしの側にいてくれたので、いないと寂しい。日本にいたときはこんなことは考えもしなかった。それだけ、くまゆるとくまきゅうはわたしの大切な家族になったってことかな。

まあ、その寂しさも今日で終わりだ。今日には王都に到着する。

馬車がのんびりと進み、マリクスが本日のお昼休憩の指示を出す。そのタイミングで道の先に停まっている馬車を見つける。どうやら、先客のようだ。停まっている馬車も休憩をしているようだ。

「あの馬車の側にいるの、ジグルドじゃないか？」

マリクスが停まっている馬車を指さす。

「マリクス、よく見えるね」

マリクスの言葉にティモルは前を見るが分からないようだ。荷台に乗っていたシアとカトレアもマリクスの言葉に荷台から顔を出して前方を見る。

「本当ですわ」

「ジグルドたちがいるね」

2人には見えたらしい。

「知ってる人？」

「わたしたちと同じく実地訓練を受けているクラスメイトですよ」

つまり、以前のマリクスみたいなのがいると。これは心構えをしないといけない。馬車の中に隠れているのも一つの手だけど、そうもいかないよね。

マリクスは先に停まっていた馬車の後ろに馬車を停める。相手もわたしたちの馬車に気づいていたのか馬車に視線を向けている。メンバー構成はこちらと同じ、男2人、女2人のようだ。護衛の冒険者の姿は見えない。

「誰かと思えばマリクスとティモルじゃないか」

「ジグルド、おまえもこれから王都に帰るのか？」

「ああ、少し遅れたけど。マリクスも遅れたのかい？」

「まあ、いろいろあってな」

マリクスは笑いながら誤魔化している。シアとカトレアは相手の女子のところに挨拶に向かっている。くまゆるとくまきゅうは説明が面倒になるので馬車と合流する前に送還しておいた。

「おい、マリクス。あの変な格好をした女はなんだ」

ジグルドと呼ばれた学生は笑いながらマリクスに尋ねる。やっぱり、前のマリクスと同種のタイプだ。あの笑顔に無性にクマのパンチを撃ち込みたくなる。わたしを見て笑っている。

クマのパンチ撃ち込んでいいかな？　いいよね？　死なない程度ならいいよね？　神は言っている。殴っていいと。

わたしがそんなことを考えていると、マリクスとティモルがジグルドに忠告をする。

「ジグルド、忠告しておく。人を見た目で判断すると、死ぬぞ。死にたくなければ、彼女をバカにしないほうがいい」

「ジグルドは人を見る目を養ったほうがいいよ」

ティモルまで、そんなことを言いだす。でも、その台詞を2人が言う？　いかにも自分たちは人を見る目があるような言い方だ。2人の後ろにいるシアとカトレアが笑っているよ。

「どういうことだ？」

「彼女は冒険者だ。俺たちの護衛役だ」

「護衛役？　冗談だろ。俺たちよりも年下の女の子じゃないか」

ジグルドと呼ばれた学生は信じられないようにわたしを見る。

「どう思おうが自由だが、俺たちの前でユナさんをバカにするな。もし、ユナさんを侮辱するようなことを言ってみろ。俺たち全員が許さないぞ」

その言葉にティモル、少し離れた場所にいるシア、カトレアも頷く。どうやら、わたしのために怒ってくれているらしい。嬉しいけど、みんな変わり過ぎだよ。出発するときの映像があれば見せてあげたいよ。

「マリクス、どうしたんだ。そんな変な女を庇って」

もう一人の男子が慌てたように、マリクスに尋ねる。

「どうしたもなにも、俺たちの護衛役のユナさんをバカにすることは許さないだけだ」

「マリクスの言うとおりだよ。ユナさんをバカにするなら、その喧嘩、僕らが買うよ」

真剣な目でティモルもマリクス同様に言う。

「もちろん、わたくしも参加しますわよ」

カトレアが申し出て、シアも頷いている。

「わ、分かった。もう、バカにしないから、そんなに怒らないでくれ」

マリクスとティモルの言葉を本気と感じ取ったジグルドたちはわたしのことを侮辱しないことを誓う。

その言葉にマリクスたちも引き下がる。学生同士の喧嘩はよくないよ。

「でも、あの変な……可愛(かわい)らしいクマの格好をした女の子が護衛役って本当なのかい？」

「ああ、本当だ。命も救われた。だから、ユナさんをバカにすると、おまえでも許さないぞ」

「分かった。だから、そんなに怒るなよ」

ジグルドはマリクスを落ち着かせると、少し離れる。

「騒がしいようだけど、どうしたんだい」

ジグルドたちが使っている馬車から男女の冒険者が出てくる。どこかで見た記憶がある2人だ。でも、どこで見たのか覚えていない。

「ジェイドさん」

ジグルドが冒険者に向かって名を叫ぶ。ジェイド？　聞き覚えがない名前だ。名前を聞いても思い出せないってことは気のせいだったかな。

「ブラッディベアー？」

「あら、もしかしてクマのお嬢ちゃん？　たしか、ユナちゃんだったかしら？」

2人はわたしのことを知ってるみたいだ。でも、わたしは2人のことは知らない。もしかして、クリモニアの冒険者かな？　クリモニアの冒険者なら、わたしのことを知っていてもおかしくない。自分で言うのもあれだけど有名人だ。わたしの格好を見て、忘れる人がいたら見てみたい。顔は覚えていなくても、絶対にわたしの姿は記憶に残るはずだ。

「ジェイドさん、この変な格好をした……」

マリクスがジグルドを睨みつける。

「可愛らしいクマの格好をした女の子を知っているんですか？」

あ、言い直した。

「ああ、クリモニアの街の冒険者だ。クリモニアで冒険者をやっていて、彼女のことを知らない者はいないいさ」

やっぱり、クリモニアの街の冒険者みたいだ。だから、どこかで見た記憶があったんだ。どうやら、どこかですれ違って、片隅に記憶が残っていたらしい。

「久しぶりだな。クマの嬢ちゃん」

わたしは首を傾げる。そんな親しげに「久しぶり」と声をかけられても、記憶にないんだけど。

「なんだ、覚えていないのか？」

すみません。モブキャラは覚えてません。すれ違っただけで、人の顔を覚えられる記憶術は持ち合わせていません。

「まあ、しかたないわね。会話したのは少しだけだったし、わたしたちがあなたのことを一方的に知っているだけだしね」

会話をしたことがあるの？　全然記憶にない。もしかして、初めて冒険者ギルドに行ったときに殴った一人？　それなら、こんなにフレンドリーに声をかけてきたりしないよね。

う～、考えても思い出せない。

「ほら、クリモニアの冒険者ギルドの依頼ボードの前で会話しただろ」

「たしか、ユナちゃんが冒険者ランクがDになった翌日に会ったけど。覚えていない？」

Dランクに上がった翌日、……徐々に記憶が甦ってくる。

「たしか、わたしがCランクのボードを見ていたときに声をかけてきた4人パーティーの」

思い出したといっても、そのぐらいだ。名前は覚えていないし。顔も覚えていない。男女4人のパーティーと会話をしたのを覚えているぐらいだ。そのあとにタイガーウルフの依頼を受けて、フィナと一緒に討伐に行ったのは覚えている。でも、冒険者たちの顔は全然記憶に残っていない。

「やっと思い出したか」

ごめんなさい。思い出したのは会話をしたことだけです。

「わたしはメル。彼はジェイド。よろしくね」

「他の2人は？」

4人パーティーだから、もう2人いたはずだ。

「俺たち同様に他の学生の護衛をしているよ。学生と一緒にいるってことは嬢ちゃんも護衛かい？」

「そうだけど」

「ジェイドさん。それじゃ本当に、その変な……、可愛らしいクマの格好をした女の子は本当に冒険者なんですか？」

「いろいろなことで有名な冒険者だよ」

いろいろなことってどんなことかな？　思い当たる節がたくさんありすぎて分からないんだけど。

「クマの嬢ちゃんたちも休憩だろ。一緒にどうだい」

ジェイドさんの言葉で一緒に休憩を取ることになった。マリクスたちは馬にエサと水をあげ、自分たちの食事の用意をする。

「でも、クマの嬢ちゃんが王都で仕事をしてるとは思わなかったよ」

「たまたま、知り合いに頼まれてね。本当は受けるつもりはなかったんだけど、どうしてもって言われて」

シアがいなければこんな面倒な仕事は引き受けていない。

「その人には感謝だな。この依頼は簡単で依頼料も多いから人気があるんだよ」

「そうなの？」

人が集まらないって聞いたけど。もしかしてエレローラさんに騙(だま)された？

でも、人選しているようなことを言っていたから嘘(うそ)じゃないのかな？

「近くの村まで護衛するだけだからね。王都の周辺でもあるから危険な魔物もいないし、楽なものだよ」

その言葉でわたしたちのパーティーは苦笑いをする。ここでわたしたちが黒虎(ブラックタイガー)と遭遇して倒したと言っても信じないだろう。

「生徒たちは危険なことはしないし、楽な仕事だよ」

と笑うジェイドさん。わたしが4人を見ると男子2人は目を逸らし、女子2人は笑っていた。

「ジェイドさん、そのクマの格好をした女の子は本当に冒険者なんですか？　わたしたちよりも年下に見えますが」

相手パーティーの女の子がわたしを見て尋ねる。

まあ、マリクスのときもそうだったけど、クマの着ぐるみを着た女の子が冒険者だとは思わないよね。

「本当だよ。俺より強い冒険者だよ」

その言葉で驚くジグルドのパーティー。

いきなり、なにを言うかなこの人。

「信じられません」

女の子はわたしを見る。

うん、信じられないよね。もし、わたしとジェイドさんが戦うことになって、賭が存在したら、わたしに賭ける人はいないだろう。大穴すぎる。

「だろうね。彼女を見た者はみんなそう言うね」

ジェイドさんは笑みを浮かべながら答える。

「でも、実際は見た目とは違って強く、尊敬に値する冒険者だよ」

「ジェイドさんはユナさんのこと、詳しいんですか？」

シアが尋ねる。

「噂程度にね」

「どんな噂ですか」

なんか、話が変な方向に流れているんだけど。休憩のはずだったのに。ここは止めないと、ヤバい気がする。わたしは奥義を発動する。

「そんな噂よりも、ジェイドさんたちはどうして王都に？」

秘技、話題ずらし！

「俺たちは基本、王都で仕事をしているからな。たまたまクリモニアで仕事をしたときに噂を聞いたわけだ」

「どんな噂ですか？」

あれ？　話題が元に戻った。

「そうだな。やっぱり、クマの嬢ちゃんが冒険者ギルドに登録しに来た当日に喧嘩を売ってきたランクD、ランクEの冒険者を全員、血みどろにした事件が有名だな」

全員はしてないよ。血みどろにしたのはデボラネだけだよ。あとはワンパンチでみんな沈んだよ。

「血みどろですか？」

わたしのほうを見る学生たち。デボラネにしたわけだから、嘘とは言えない。でも、一人だけだよ。

「ユナさん、凄いです」

シアが喜んでいる。

「相手が弱かっただけだから」

「それから、他にどんな話があるんですか?」

まだ、続くの? このへんでやめない? それにシアは、クリフやエレローラさんから話を聞いて、いろいろ知っているでしょう。

「あとは、ゴブリンキングの討伐で有名になったな」

「ゴブリンキングですか!」

「ああ、討伐されたゴブリンキングの顔は凶悪で怒り狂っていたようだった」

まあ、穴に落として一方的に攻撃したから、そりゃ怒り狂うよね。

「わたしたち、たまたま冒険者ギルドにいたから見たわよ。よく、あんな凶暴な魔物と戦う気が起きると思ったわ」

メルさんたち、あのゴブリンキングを見たんだ。この話を聞いて、生徒たちの表情は真っ二つに分かれている。話を信じているマリクスパーティー。話を信じていないジグルドパーティー。顔を見れば全然違う。

「でも、ユナちゃんが街で有名になったのは、あの事件だよね」

「ブラックバイパーか」

「その話はシアから聞きましたが、本当にユナさんがブラックバイパーを倒したんですか？」

流石(さすが)のティモルもブラックバイパーの話は信じられないみたいだ。今思えば胡散臭(うさんくさ)い話だよね。倒したブラックバイパーがなければ誰も信じなかったと思う。

「俺たちも実際に見たわけじゃないけど、多くの冒険者は信じている」

「どうしてですか？」

「ブラックバイパーに襲われている村があったんだ。その村から子供が一人、泣きながら助けを求めにクリモニアにやってきた。でも、冒険者ギルドにはブラックバイパーを倒せる冒険者がいなかった。俺たちも王都にいてクリモニアにはいなかった。まあ、いたとしても、受けたかどうかは分からなかったけどな」

「それでどうなったんですか？」

「そこのクマの嬢ちゃんが受けたんだよ。依頼料の交渉もせずに、村が困っているからと、一人でブラックバイパーを倒しに行った。それを見ていた冒険者は倒せるわけがないとバカにしたそうだ。ゴブリンキングとは違う。ブラックバイパーは大きさ、攻撃力が、比較にならないほど強い。だから、その場にいた冒険者は全員、クマの嬢ちゃんは死んだなと思ったそうだ」

　そうだったの？　冒険者たちがそんなふうに思っていたなんて知らなかった。まあ、あのときはすぐに子供を連れてギルドを飛び出したからね。周囲のことは見ていなかった。

「でも、数日後、嬢ちゃんがブラックバイパーの死骸を持って帰ってきたという」

「倒した証拠が目の前にあるんですもの。誰も疑わないでしょ」

ジェイドさんとメルさんがあのときの話をする。聞いているだけで恥ずかしくなってくるんだけど。

「信じられないです」

まあ、普通は信じないよね。

「まあ、信じる、信じないは自由だ。でも、クリモニアの街の冒険者はみんな信じているよ」

ジェイドさんはそう言ってわたしを見る。

「それ以来、クリモニアの街でクマの嬢ちゃんをバカにする冒険者はいなくなったし、実力も認めるようになっているみたいだ」

ジェイドさんが説明してもジグルドパーティーは作り話と思っているみたいだ。

「あと、最近、新しい噂話があるんだが……」

「ああ、あれね。あれは流石に信じられないよね」

ジェイドさんの言葉にメルさんが笑いだす。最近といえば、クラーケンのことかな？　それともトンネル？　どれもこれも胡散臭さ爆発だ。

「なんですか？　その噂って」

「クラーケンを倒した噂が流れているんだが、流石にな」

「流石にクラーケンはね」

やっぱり、クラーケンのことか。

2人は顔を見合わせながら笑いだす。全員がわたしを見る。

「ソンナノ、ムリニキマッテイルデショウ」

と答えておく。そして、ジェイドさんによるわたしの恥ずかしい昔話が終わると、休憩の時間も終わった。

134　クマさん、王都に戻ってくる

王都に無事に到着する。これで実地訓練も終了だ。今日の夜にはクリモニアに帰って、久しぶりにわが家で眠れる。流石(さすが)に馬車などの野宿では深い眠りにつくことはできなかった。

もちろん、くまゆるとくまきゅうがいるから安心だったけど、落ち着いて眠るなら自分の家が一番だ。

門を通り抜けて馬車は学園に向かう。門でギルドカードを水晶板にかざすとき、近くにいた兵士に変な目で見られたが、無事に王都の中に入ることができた。

馬車は王都の中を進み、学園に到着する。校舎裏にある馬車置き場にはすでに数台馬車が停まっている。出発するときにはわたしたちの馬車しかなかったってことは、他の学生たちはすでに戻ってきてるってことなのかな？

「それじゃ、これで終了でいいのかな？」

馬車から降りて腰を伸ばす。これでわたしの仕事は終了だ。ちょっと、トラブルもあったけど、学生たちに怪我一つ負わせなかったんだから、１００点をもらってもいいはずだ。

「ユナさん。先生に帰ってきたことを報告しないといけないですよ」

ああ、そんなのもあったね。報告までが仕事だ。面倒だけどしかたない。

「ジグルド！　おまえたちも行くだろ」

「ああ、行くよ。ちょっと待ってくれ」

途中でジグルドパーティーと合流したわたしたちは、王都まで一緒に戻ってきた。向かう方向は一緒だし、別々に移動することもない。それに人が増えれば、魔物に襲われても一緒に対処ができるし。盗賊が現れても、こちらの人数が多いと知れば襲ってくる確率が下がる。誰しも人数が多い相手を襲いたくない。そんな理由もあって、ジェイドさんたちと一緒に王都まで戻ってきた。


わたしたちは校舎に入ると、先生がいる職員室に向かう。

「失礼します」

職員室に入ると、いるはずがない人がいた。

シアが先生の横にいるエレローラさんに向かって叫ぶ。

「お母様！」

「どうしてお母様がここにいるんですか？」

「それは門の兵士にあなたたちが帰ってきたら、至急わたしに連絡をするように指示を出しておいたからよ。Sランク業務で指示を出したから、伝えに来るのが早かったわよ」

ニッコリとここにいる理由を説明する。それって職権濫用じゃないかな。門からお城にいるエレローラさんに伝えに行った人を「お疲れ様です」と心の中で労ってあげる。

「それじゃ、これでマリクスのパーティーとジグルドのパーティーは実地訓練終了だな。運んできた荷物はこちらで預かるから、今日は帰って休んでいいぞ」

先生が生徒たちに向かって言う。

「後日、実地訓練の報告をしてもらうが嘘はつくなよ。ちゃんと冒険者のみなさんからの話と照らし合わせるからな」

生徒たちは返事をする。マリクスたちは帰れるけど、もしかして、わたしはすぐには帰れない？

「ユナさん、今回はありがとうございました。ユナさんが一緒で楽しかったです」

シアがお礼を言う。

「面倒だったけど、わたしも楽しかったよ」

「ユナさん、くまゆるさんとくまきゅうさんによろしく言っておいてください。今度、また触らせてくださいね」

カトレアが寂しそうにしている。一度、譲ってほしいと言われたが丁重にお断りした。譲れるものでもないし、譲る気もない。くまゆるとくまきゅうはわたしの大切な家族だ。お金では買えない存在だ。

「ユナさん。俺、もっと練習して、ユナさんみたいに人を守れる騎士になるよ」

マリクス、わたしは騎士じゃないよ。冒険者だよ。

「今回のことで大事なことを教わった気がします。ありがとうございました」

頭を下げるティモル。

「あら、みんな礼儀正しい子たちね」

「どうなっているんだ？」

先生が、首を傾(かし)げている。学園でのみんなを知らないわたしには先生の疑問に答えることはできない。

マリクスたちはジグルドたちと一緒に職員室から出ていく。この場にはわたしとジェイドさんとメルさんの冒険者だけが残る。これから、報告をしないといけないらしい。面倒だけど、仕事だからしかたない。

「それでは先生。わたしはあちらで彼女から話を聞いて、報告書を書かせてもらいます」

「エレローラ様にそこまでしてもらうわけには」

「いいの、いいの。わたしが聞きたいだけだから。それに先生は、そちらの冒険者からも話を聞かないといけないでしょう」

エレローラさんはジェイドさんとメルさんに目を向ける。

「そうですが……分かりました。それではそちらのクマのお嬢さんのほうはエレローラ様にお任せします」

よかった。いきなり黒虎(ブラックタイガー)の話を先生にはしたくなかった。まだ、わたしのことを知っているエレローラさんでよかった。

ジェイドさんとメルさんとはここで別れることになる。

「ユナちゃん、またクリモニアに行くから、そのときは一緒に仕事でもしようね」

「そのときはドラゴンでも倒しに行こうか」

メルさんの社交辞令にそう答えると、メルさんとジェイドさんは笑う。


わたしとエレローラさんは先生と少し離れた位置に移動し、近くにある椅子に座る。

「ユナちゃん、お疲れさま。それでどうだった？」

「疲れたよ。馬車の旅がこんなに疲れるとは思わなかったよ」

あらためて、くまゆるとくまきゅうに感謝をしたくなる。

「ふふ、お疲れさま。いい経験ができたんじゃない？」

あまり、経験したくないけどね。わたしはエレローラさんに実地訓練のことを報告する。

ゴブリンのこと、マリクスたちの行動のこと、村のこと、黒虎（ブラックタイガー）のことを話す。わたしが話さなくてもマリクスたちが話すだろうし、隠せることじゃない。

「……黒虎（ブラックタイガー）ね」

わたしの話を聞いたエレローラさんは驚きの表情を浮かべる。

「あまり、あの子たちを責めないでね。村の人を救おうとしただけだし。黒虎（ブラックタイガー）がいる情報もなかったし、わたしも止めなかったし」

「それはしかたないわ。ユナちゃんの責任ではないわ。でも、本当にありがとうね。ユナちゃんがいなかったらと思うと、怖くなるわ」

もし、わたしがいなかったら、護衛する冒険者しだいだけど、殺されていたかもしれない。

「それで、マリクスたちの行動は減点対象？」

危険なことをした事実は変わらない。でも、村の人を救おうとしたのも事実だ。採点はどうするのかな？

「自分たちの立場を考えたら減点ね。でも、見捨てる人よりはいいと思うわよ。将来、この国を背負っていく子たちなんだから。安易に人を見捨てる選択肢を選んでほしくないかられね。助けられる命があれば助ける。でも、無理なら諦めることも大事。だから、今回のことは、あの子たちにはいい勉強になったと思うわ」

その説明では減点なのか加点なのかが分からない。もしかして、エレローラさんも分からないのかな？

それにしても、人材を育てるのはどこの世界も大変だね。考え方は人それぞれだし、善し悪しの判断も難しい。減点にすれば、次回から人を助けないような人間になってしまうかもしれない。誉めれば、また無茶なことをするかもしれない。教育は難しい。

「今回はユナちゃんに感謝しないといけないわね。あの子たちを守ってくれてありがとうね」

「いいよ、仕事だから。でも、次回はお断りするからね」

「それは残念ね」

あまり、残念そうには見えない。

「それで、ユナちゃんから見て、みんなどうだった?」

「マリクスは行動力はあるけど、目先しか見えていないね」

まあ、それが長所であり短所ともいえる。

「ティモルは気が弱そうだったけど、いざとなれば強くなる」

マリクスが黒虎(ブラックタイガー)相手に残ろうとしたとき、ティモルも残ろうとした。

「カトレアは状況をちゃんと把握できる子かな」

「それじゃ、シアは?」

「シアはエレローラさんのほうが知っているでしょう」

それにシアはわたしのことは初めから知った上での行動や発言をしているので、シアの評価は難しい。

それから、エレローラさんにいくつか質問をされ、答える。質問への回答など全ての報告も終わり、やっと帰ることができる。わたしが椅子から立ち上がろうとすると、エレローラさんに呼び止められる。

「ユナちゃん、ちょっと待って。はい、これ」

エレローラさんはアイテム袋から薄い本を渡してくる。受け取った本を見ると、クマの絵柄が描かれていた。わたしがフローラ様に描いた絵本『クマさんと少女』だった。

「絵本が完成したから、渡そうと思ってね」

わたしはパラパラと絵本をめくる。ちゃんと、綺麗(きれい)に製本されている。ちょっと、嬉しいかも。

「うん？」

絵本を見ていて、気になる箇所を見つけた。作者名『クマ』。合っているけど、どうしてクマ？

わたしが作者名のところを見ているとエレローラさんがそれに気づく。

「実名よりもいいでしょう」

そうだけど、なにか『クマ』って微妙だ。

「なんなら、次に製本するときはユナちゃんの名前にしておく？」

「いいえ、クマでいいです」

自分の名前だけはやめてほしい。クマならペンネームと思えば大丈夫だ。でも、クマって見たまんまだよね。

「たしか、絵本は10冊ずつでよかったのよね」

エレローラさんはアイテム袋からさらに絵本を取り出すと、机の上に置く。

1巻が9冊、2巻が10冊だ。わたしが持っている絵本を合わせれば10冊ずつになる。

「絵本は好評よ。受け取った人はみんな喜んでいるわよ。国中に売れればいいのに」

「そのつもりはないよ」

もし国中に広まって、続きを描けと催促されても困る。絵は描きたいときに描くのが、一番楽しい。無理やり描くものではない。

「もし、販売をしたくなったら言ってね。いつでも、大々的に販売してあげるから」

「丁重にお断りさせてもらいます」

「あら、残念ね。でも、フローラ様と一緒に続編は楽しみにしているからね。次のタイトルは『クマさんとエレローラ』とかどう？」

「どうして、エレローラさんの名前が出てくるんですか？」

「だって、クマさんはユナちゃんでしょう。それなら、わたしの出番があってもいいでしょう」

「あったとしても、ノアですよ。エレローラさんが出るとしたら、クマさんを騙す敵役ですね」

「騙すなんて酷いわね。でも、娘の登場する絵本は読みたいわね」

「でも、しばらくは描きませんよ」

しばらくはのんびりしたい。

「それじゃ、しばらくたったら描いてくれるってことね。そのときはノアもわたしも可愛く描いてね」

エレローラさんの言葉は無視して、わたしは絵本をクマボックスに仕舞う。今度、孤児院に持っていってあげよう。少しは子供たちの文字の勉強になるはずだ。

今度こそエレローラさんの用事も終わり、帰ることにする。最後にジェイドさんとメルさんに挨拶と思ったけど、すでに2人の姿はなかった。まあ、普通に考えれば、わたしほど報告することなんてないだろうし、早く終わるだろう。わたしは一人で学園を出る。

タイミングが悪かったのか、学生の帰宅時間と重なってしまった。

「あのクマって、こないだの」「あれが噂のクマ」「カワイイ」「クマが歩いてる」「あの服、どこに売っているのかしら」「エレローラ様とどんな関係なんだろう」「抱きしめたい」と前回、学園に来たときと同じような反応が起きている。

わたしが視線から逃げようとしたら、マリクスたちがわたしの前に現れる。

そして、わたしのことを見て噂をしている学生たちを睨む。

「シア、どうしたの？　帰ったんじゃなかったの？」

「ユナさんを待っていたんですよ」

「どうして？」

「もちろん、ユナさんにお礼をするためですよ」

シアがわたしのクマさんパペットを摑む。

「命を救われたし」

「話し合って、ユナさんにお礼をすることにしたんです」

ティモルもカトレアも頷いている。

「ユナさん、食事に行きましょう」

「俺たちは学生だから、そんなにお金は持っていないけど、安くて美味(おい)しいお店を知っている」

「みんなは帰らなくても大丈夫なの？　もう、遅いよ」

そろそろ、夕暮れ時だ。

「大丈夫ですよ。まだ、帰ってきたことを家族は知りませんから」

それなら、余計に早く帰らないとまずいんじゃ。

いや、エレローラさんは知っているよね。

「戻ってきたパーティーで打ち上げをするのは普通のことです」

「ユナさん、行きますよ」

わたしはシアとカトレアに引っ張られていく。その後ろをマリクスとティモルがついてくる。わたしは断ることもできずにシアたちに連れていかれる。

そして、学生のみんなに夕食をご馳走してもらった。

うん、美味しかったよ。

135　クマさん、孤児院に絵本を届けに行く

シアたちに食事をご馳走になった夜。クリモニアに戻ったわたしは、お風呂に入ると白クマの格好でベッドの上に倒れる。久しぶりのわが家だ。クマの転移門には感謝しないといけない。

やっぱり、寝るなら自分の慣れたベッドだよね。

わたしは子熊化したくまゆるとくまきゅうを呼び出す。最近はシアとカトレアに取られていたから、久しぶりに抱きしめる。モフモフだ。触っていると、気持ちよくなって眠くなってくる。くまゆるとくまきゅうを抱きしめていると徐々に瞼(まぶた)が下がってくる。そろそろ限界かもしれない。

「くまゆる、くまきゅう、もう寝るね」

くまゆるとくまきゅうに左右を挟まれるようにして、わたしは夢の中に落ちていった。

翌日、目が覚めて左右を見ると、ベッドの上にくまゆるとくまきゅうが饅頭(まんじゅう)のように丸くなって寝ている姿がある。そんなくまゆるとくまきゅうを優しく撫(な)でてから送還させる。

黒クマに着替え、朝食を食べるために「くまさんの憩いの店」に向かう。裏口から店の中に入ると、焼きたてのパンの香りが漂ってくる。中ではモリンさんがパンを焼いている。その周りでは子供たちが一生懸命にパンを捏ねたり、プリンを作ったりしている姿がある。

「ユナちゃん、帰ってきてたのかい？」

裏口から入ってきたわたしに気づいたモリンさんが、パンを焼きながら声をかけてくる。その声で子供たちもわたしのほうを見る。駆け寄ってこようとした子供たちにモリンさんが注意する。

「ユナちゃんが来て嬉しいのは分かるけど、開店準備もあるんだから、手は休めない！」

「みんな、モリンさんの言うことを聞いて、ちゃんと仕事するんだよ」

子供たちは「は～い」と返事をすると、仕事を再開する。モリンさんはしかたないねって顔で子供たちを見ている。でも、その顔は微笑んでいるようにも見える。

「モリンさん、パンをもらってもいいですか？」

わたしは朝食に食べるパンをお願いする。焼きたてのパンが食べられるのも、自分のお店の特権だ。あとでクマボックスに補充する焼きたてのパンも頼まないといけないかな。先日の実地訓練のせいでかなり減ってしまった。

「好きなパンを適当に持っていっていいよ」

モリンさんの好意に甘え、でき上がっているパンをもらうことにする。どれも焼きたての美味しそうな匂いが漂ってくる。選ぶのに困ってしまう。

わたしがどれにしようか悩んでいると、子供たちがわたしがどのパンを選ぶか見ている。もしかして、子供たちが作ったパンがあるのかな？

わたしがいくつかのパンを選ぶと、嬉しそうにしている子と、残念そうにしている子の、2つの顔に見事に分かれた。流石に全員が作った分を食べることはできないので、選ばなかったパンを作った子供には心の中で謝っておく。

冷蔵庫に入っている果汁を取りに行こうとしたら、カリンさんが笑みを浮かべながら、冷蔵庫から果汁を持ってきてくれる。

「カリンさん。ありがとう」

冷えた果汁を受け取り、飲む。

「子供たちに大人気だね」

大人気というよりも雛鳥に餌をあげたら、懐いた感じなんだけど。パンを食べながら子供たちを眺める。

「最近は、お店のほうはどう？」

「ユナちゃんが知ってのとおり、毎日大忙しだよ」

「人手は足りてる？」

「それは大丈夫。ミルちゃんたちがしっかり働いてくれるからね」

その言葉に子供を働かせているわたしは、少し後ろめたさを感じる。でも、この世界では子供が働くのは普通のことだ。農家の子なら、農業の手伝いをするし、商人の子なら、商売の手伝いをする。多くの子供たちは小さいときから親の仕事を手伝っていることが多い。だから、子供が働くことは普通だ。

それは目の前にいるカリンさんだってそうだ。小さいときからパン作りの手伝いをしていたという。

「あまりにも一生懸命に働くから、わたしの子供のころを思い出すと恥ずかしくなってくるよ」

カリンさんは過去の自分と店で一生懸命に働いている子供たちを比べて、苦笑いを浮かべる。

「手伝わなかったの？」

「この子はいつも遊んでばかりいたからね」

カリンさんに尋ねたが、返答は別のところからやってきた。

「お母さん！」

わたしたちの話を聞いていたモリンさんが口を挟んでくる。

「この子はね、いくら手伝うように言っても、手伝わなかった困った子だったのよ」

「お母さん、そんな昔のこと」

「昔のことって、ほんの数年前のことでしょう」

カリンさんにしては昔のことでも、モリンさんにはちょっと前のことのように感じるみたいだ。

「カリンお姉ちゃん、お手伝いしなかったの？」

子供たちが純粋な目でカリンさんを見る。

「そんなことないよ。ほんの少しサボっただけだよ」

カリンさんは一生懸命に子供たちに言い訳をする。なにか、微笑ましいね。

「あれを少しと言うのかしら？」

モリンさんが子供の頃のカリンを思い出したのか笑っている。

「お母さん！」

「ふふ、冗談よ。今は一生懸命に手伝ってくれるから嬉しいよ」

「わたしだって、いつまでも子供じゃないよ」

「そうね。しっかり、お父さんが作り上げたパンの技術を学んでね」

「お母さん……」

モリンさん親子がしんみりしていると、子供たちが乱入してくる。

「わ、わたしもしっかり、勉強するよ」

「僕も…」

「わたしだって」

子供たちが自分たちのことを主張し始める。

「おやおや、弟子がいっぱいいて嬉しいわね。カリン、おちおちしていると、この子たちに抜かれちゃうわよ」

「抜かせないよ」

カリンさんはそう言うと仕事に戻っていく。その後ろを子供たちも追いかける。さらに、その後ろ姿を嬉しそうにモリンさんが見ている。

そんなみんなの姿を見ていると頬が緩んでくるね。みんな幸せそうでよかった。

朝食を食べ終えたわたしは絵本を渡すため、孤児院へ向かう。孤児院に到着するとクマの置物が出迎えてくれる。孤児院を守ってくれる守護神だけど、デフォルメされているせいで、守護神って感じがしない。

わたしはそんなクマの横を通って、孤児院の中に入る。

この時間なら、お店組は店で働いているし、コケッコウ組は鳥小屋で仕事をしている。いるとしたら幼年組ぐらいかな。幼年組とは赤ちゃんから5、6歳ぐらいまでの子供のこと。この孤児院では5、6歳の子供でも自分よりも年下の子たちの面倒を院長先生と一緒にみている。正確には一緒に遊んでいるとも言う。

その幼年組がいるのは遊び場の部屋だ。遊び場の部屋に向かうと、やはり院長先生と幼い子供たちがいた。

「院長先生、おはようございます」

「ユナさん、戻ってきていたんですね」

幼年組の子供たちが小さい足でわたしのところに駆け寄ってきて、わたしの脚に抱きつく。そんな子供たちの頭を撫でて、院長先生のところに一緒に行く。

「うん、仕事が終わったから、子供たちの様子を見に来たのと、お土産を」

「おみやげってなに？」

わたしのクマの手を握っている子供が尋ねてくる。

「食べ物？」

「おいしいもの？」

「ごめんね。食べ物じゃないんだ」

「そうなの？」

残念そうにする子供たち。食べ物も持ってくればよかったかな？

「これ、わがままを言ってはいけません。ユナさんのおかげで、毎日美味しい食事が食べられるんですよ」

院長先生が子供たちに注意する。別にわたしのおかげじゃない。孤児院の年長組がお店で働いたり、コケッコウのお世話をしているおかげだ。わたしがしたのは基礎部分を作っただけだ。あとはみんなが一生懸命に働いている。

「はい、ごめんなしゃい」

素直に謝る子供。

「今度、美味しいもの持ってくるからね。今日のお土産は絵本だよ」

クマボックスから、『クマさんと少女』の絵本を取り出す。

「えほん？」

「くまさんだ～」

一人の子供がわたしの手から絵本を取る。

「ああ、ずるい。わたしもみる～」

「ぼくもみたい……」

「取り合わないの」

わたしは絵本の1巻をもう1冊出す。

「みんなで仲良く読むんだよ」

「は～い」

子供たちは仲良く絵本を読み始める。

「ユナさん、ありがとうございます」

「あと、続きの2巻もあるので、子供たちが1巻を読み終わったら、読んであげてください」

院長先生に『クマさんと少女』の2巻を2冊渡す。

「あら、可愛らしい絵ですね」

「もし、他の絵本も欲しいようでしたら、ティルミナさんに言ってくださいね」

「大丈夫ですよ。あの子たちはわがままは言いませんから」

「絵本は文字の勉強になりますから、わがままじゃありませんよ」

「ありがとうございます。ほらみんな、ユナさんにお礼を言いなさい」

絵本を読んでいる子供たちはわたしを見ると、お礼を言う。

「みんな、しっかり勉強して、院長先生に迷惑をかけちゃダメだよ」

子供たちは元気よく返事をする。それから、わたしは院長先生に最近の話を聞いたり、子供たちに絵本を読んだりして、時間を過ごした。

136　クマさん、アンズを発見する

王都から戻ってきてからの数日間、のんびりと過ごしている。

冒険者ギルドに冷やかしに行ったり、フィナとシュリ、ノアを連れて、くまゆるとくまきゅうと散歩したり、ハチミツの木にいる熊に会いに行ったりして、異世界を満喫している。

今日は朝からくまゆるとくまきゅうと一緒にベッドの上でゴロゴロしている。だらけているとも言う。

なにもすることがない。なにもしたくない。たまに、こうやって空いた時間ができると、ネットやゲームが恋しくなるときがある。この世界も楽しいけど、娯楽が少ないのが難点だ。今度、孤児院の子供たちでも集めて、レトロゲームでも作って遊ぼうかな。オセロ、将棋、チェス、スゴロク、トランプ。他にもいろいろなゲームがある。そんなことを考えていると、お腹の虫が鳴く。

さすがに、朝食も食べずに、起きてからベッドの上でゴロゴロしているだけでもお腹は空く。なので、お腹をふくらませるために「くまさんの憩いの店」に行くことにする。

クマハウスを出て、店に向かって歩いていると、前方から見知った人物がやってくる。

「なんだ、出かけるのか」

クリフが一人で歩いている。この世界の貴族って一人で行動するよね。ノアもよく抜け出して一人で街を出歩いているし。国王もわたしの家に来たこともあったし。まあ、あの国王が特殊だと思う。普通の国王はフラフラと出歩いたりしないはず。

安全なのか、危機意識がないのか。たぶん、前者なんだと思う。それだけ、街門で犯罪者の確認も行っているし、警備兵が見回っているのも見かける。街の中は安全ってことなんだと思う。

他の異世界モノだと、貴族やご令嬢には護衛が必ずつく。特にご令嬢には美男子の護衛がつきものだ。そして、恋愛へと発展したりする。

ノアは同じ貴族のご令嬢なのに、そんな美男子の護衛はいない。普通に考えたら年頃の女の子に、美男子の護衛なんてつけたら変な噂が流れて、結婚に問題が出そうだ。これが小説や漫画と現実との違いかな。

ノアも漫画や小説の世界に登場していたら、イケメンに囲まれた生活を送っていたかもしれない。

「わたしはお腹が空いたから、食事に行くところだけど。クリフは？」

「俺はおまえさんの家に行くところだ」

「わたしの家？」

予想外の言葉が出てきた。ノアが家に来ることはあってもクリフが来るのは珍しい。大概はメイドのララさんやノアから言付けをもらう。

「話したいことがあってな。そうだな、俺も腹が減っているし。俺も一緒についていってもいいか？」

「別にいいけど」

断ることじゃないので了承する。クリフと一緒にクマハウスから少し離れた位置にある「くまさんの憩いの店」に行く。

店の中に入るが反応が薄い。誰も不愉快な視線を向けてくる者はいない。これが王都なら、「クマが来た」とか、騒がれたり、眺められたり、あっちこっちから「クマ」と言う言葉が聞こえてくるんだけど、この店の中だと聞こえてこない。

クマの格好で何度も食べに来ているし、わたしのお店だということも広まっている。それに子供たちがクマさんパーカを着ているおかげかもしれない。

今もクマの格好をした子供たちが店の中を動き回っている。

店の中に入ったわたしとクリフはカウンターに向かう。クマのパーカを着た女の子が対応してくれる。

えーと、どれにしようかな。どれも美味しそうだ。悩んだ結果、モリンさんの新作のハンバーガー2つとフライドポテトと果汁を頼む。クリフは一言「同じものを頼む」ですませる。

基本、わたしは正面からお客様として入るときは代金を払っている。だから、今回もお金を出そうとしたら、クリフが横から2人分の代金を出してくれる。

「いいの？」

「気にするな」

わたしたちは注文した商品を受け取ると、空いている席に座る。

「それで、わたしに用ってなに？」

フライドポテトを食べながら対面に座るクリフに尋ねる。

「用事っていうか、報告だな。トンネルの整備が数日後には終了する」

「やっと、完成するんだ」

モリンさんの新作のハンバーガーを食べながら返事をする。領主様自ら、わざわざトンネルの完成の報告に来てくれたらしい。

「使用するだけなら、お前さんが作った状態でもいいが、馬車も通るからな。光も灯さないといけないし、馬の休憩所、他にもトンネルまでの道の整備もしないといけなかったからな。かなり時間がかかった」

クリフは説明しながらフライドポテトを食べる。まあ、トンネルのことは専門家に任せることにする。素人のわたしが口を挟むようなことじゃない。わたしとしては安全に魚介類の流通ができるようになれば問題はない。

「それじゃ、こっちからもミリーラの町に行けるようになるんだ」

「まあ、すでに小麦粉などの必需品は運んだりしていたが、これで正式に関係者以外も通れるようになる。そうなればこの前渡した契約書どおり、通行料の一部がおまえさんのギルドカードに振り込まれる。もし、そのへんの詳しい話が聞きたかったらミレーヌに聞いてくれ」

だいぶ前にクリフとミレーヌさんがわたしの家に、契約書を持ってきた。

面倒だったから、詳しくは読んでいないけど、通行料がギルドカードに振り込まれることや、わたしが通る場合は無料になるとか、それは一緒に通る者にも適用されるとか書かれていた記憶がある。

「宿屋とかは建てたの？」

「2軒ほど建てたと聞いている。それで足りるかどうかは、様子見だな。そこのあたりはミリーラの町長や商業ギルドがなんとかするだろう。人手が足りなくなったら連絡をするようには言ってあるし、大丈夫だろう」

たしかに、どうなるかはトンネルが開通してみないと分からない。

商売をする者、海を見に行く者、仕事に通う者、遊びに行く者、どのくらいの人が行き来するか分からない。多くなれば宿屋は足りなくなる。逆に来なければ2軒で十分って可能性もある。

でも、トンネルが完成するってことは、アンズが近いうちに来るってことかな？

ティルミナさんにアンズのことを頼んであるとはいえ、2人は知らない者同士だ。それを考えると王都の仕事を終えた今、こっちに来られそうなのはタイミングがいい。

「それにしても、この店の食べ物は美味しいな」

クリフが食事の感想を言う。貴族様から合格点がもらえれば十分な評価だろう。もっとも、モリンさんには内緒で国王にも食べさせているんだけどね。そんな王族が認めたパンだ。まずいわけがない。

モリンさんは、わたしのにわか知識の日本のパン作りの話を聞いて、今までの知識と経験を活かして、いまだにパンの研究をして、新しいパンを作りだしている。

たぶん、この王国一美味しいパン屋だと思う。今さらだけど、引き抜きとかされないよね。今度、引き抜きされないように、モリンさんとお給金について話し合ったほうがいいかもしれない。

「それじゃ、俺は仕事が残っているから戻る。なにか聞きたいことがあれば家まで来てくれ」

クリフはノアへのお土産なのか、パンを注文して帰っていった。

クリフからトンネルの話を聞いた数日後、トンネルが完成したことが正式に発表になった。

ほとんどの者はトンネルのことは知っている。木の伐採、道の整備、魔物退治など、ミリーラの町とトンネルの情報はいろんなところから広まっている。だから、住民に驚きはないようで、みな嬉しそうにしている。


それから、しばらくしたある日。街を歩いていると、少し騒がしい。

なにか、あったのかな?

暇だし、騒ぎがあるところに向かうと、街の門あたりに馬車が多く停まっていた。確認するために門に向かうと、周辺からミリーラの町って単語が聞こえてくる。

どうやら、ミリーラの町から人が到着したらしい。馬車が次々と入ってくるところだった。馬車に乗っていた商人風の男は門兵にいろいろと聞いている。

馬車はどこに停めたらいいのか?

商業ギルドはどこにあるのか?

宿屋はどこがオススメなのか?

その質問に丁寧に答える門兵。

他の馬車からも、中に入ることを許可された人たちが降りてくる。乗り合い馬車だったのか、降りる人が多い。その中にデーガさんの遺伝子が入っているとは思えない女性がいた。

間違いなくアンズだ。まさか、トンネルが開通して、すぐに来てくれるとは思わなかった。アンズと一緒に側に立つ女性が4人いる。彼女たちが例の女性たちかな?

アンズたちはキョロキョロと周りを見回している。田舎から出てきた、おのぼりさんみたいだ。そんなアンズたちに気づかれないように近づく。クマの靴は足音がしない。足音で気づかれることがない。

でも、アンズはいきなり、ぐるっと後ろを振り向いて、わたしのほうを見る。

「ユナさん！」

アンズが嬉しそうに駆け寄ってくる。驚かそうと思ったのに、失敗してしまった。なんでかな？

「よく、わたしに気づいたね」

「だって、近くで『クマさんがいる』『クマがいる』とか聞こえてくれば、近くにユナさんがいるって分かりますよ」

周囲を見るとクリモニアの住人を含め、ミリーラの町から来た人もわたしのことを見ている。足音で気づかれなくても姿でばれるアンバランスなクマ装備だった。

「ユナさん。もしかして迎えに来てくれたんですか？」

約束では孤児院で会うことになっていた。

「偶然だよ。適当に歩いていたら、騒がしかったから、来てみたらアンズが見えただけ。でも、トンネルは開通したばかりだよね。こんなに早く来てくれるとは思わなかったよ」

「本当はクリモニア行きの馬車は、予約が多くて取れなかったんですが、商業ギルドが優先的にわたしたちを乗せてくれたんです」

「そうなの？」

「はい。ジェレーモさんからユナさんへの感謝の気持ちだそうです。その代わりにミリーラのことをしっかり宣伝してきてほしいって言われました。わたし頑張りますから、よろしくお願いします」

アンズは嬉しそうに笑顔をわたしに向ける。可愛いね。その笑顔は男の人に向けてあげたほうがいいよ。そうすれば早く婿が見つかるよ。と心の中で呟く。

でも、今までアンズに彼氏ができなかった理由って、絶対にデーガさんが側にいたせいだよね。料理もできて、顔も可愛くて、彼氏ができない理由が、それ以外に思いつかない。デーガさんからアンズの結婚相手を見つけてくれって頼まれたけど、デーガさんがいなければ、意外と早く見つかるかもしれない。

「それにしても、大きな街ですね。迷子になりそうです」

街を見渡すアンズ。たしかにミリーラの町と比べると大きいし、人も多い。

2人で話していると、先ほどから、アンズの後ろにいる女性たちがアンズとわたしを交互に見ている。

その女性の一人がアンズの服を引っ張る。

「アンズちゃん。わたしたちのこと忘れてない？」

「うん、わたしたちのこと、クマちゃんに紹介してくれない？」

その言葉に他の女性たちも頷いている。でも、クマちゃんってなに？

「ああ、ごめんなさい。ユナさん、こちらのみんなが先日言っていた、店を手伝ってくれる人たちです」

話に聞いていた4人の女性たちがいる。年齢は20歳から25歳ぐらいだ。エレローラさんみたいな年齢詐欺がなければだけど。

「ユナちゃんって呼んでいいかな？　でも、これからお世話になるから、ユナさんがいいかな？」

「好きなように呼んでいいよ。でも、クマちゃんはやめて」

わたしは先ほどクマちゃんって呼んだ女性を見る。髪を後ろで束ねた女性だ。

「ええ〜、クマちゃん。可愛いでしょう」

それだと、ぬいぐるみや熊の赤ちゃんを呼んでいる感じだ。決していい意味には聞こえない。

「オーナー権限で禁止です」

「クマちゃん」

わたしは睨む。

「うう、分かったよ。それじゃ、ユナちゃんでいい？」

わたしは頷く。

もし、他の人に聞かれでもしたら、絶対に真似をする者が現れる。クマのお嬢ちゃんは許せるけど、クマちゃんはなぜか、心の中が否定している。それだけは呼ばせてはいけないと。

「それじゃ、わたしもユナちゃんって呼ばせてもらうね」

そして、それぞれが自己紹介をする。

一番大人っぽい女性がニーフさん。包容力がありそうな笑顔の素敵な女性だ。

それと反対に年齢が一番若く元気がよさそうな女性はセーノさん。わたしのことを「クマちゃん」と呼んだ女性だ。年齢は20歳ぐらいだ。

それから、フォルネさん。アンズやセーノさんのお姉さん的な感じの女性だ。

最後にベトルさん。髪を綺麗に揃えた真面目そうな女性だ。

「それで本当にわたしたち来ちゃったけど、本当によかったの？　迷惑じゃない？」

一番年上のニーフさんが尋ねてくる。

「迷惑じゃないですよ。アンズから話は聞いていると思うけど。魚介類を料理できる人がいないから助かるよ」

川はあっても近くに海はない。だから、そもそも食材が入ってこない。

「仕事って魚を捌いて、料理を作ればいいの？」

「それだけってわけじゃないけど、メインはそうだね。仕入れに、食材の管理に、お金の管理、アンズ一人じゃ大変だからね」

他にもやることがあるかもしれない。ティルミナさんに手伝いをお願いしようと思っていたけど、ティルミナさんも忙しい。主にわたしのせいだけど。だから、お店のことはアンズたちになるべくお願いしたい。

「アンズちゃん、いろいろと教えてね」

「わたしだって、初めてのことばかりだよ」

「一応、食材の仕入れやお金の管理に詳しい人がいるから、最初はその人に聞くといいよ」

まずはティルミナさんにお願いすることにする。野菜などの仕入れ先やお金の管理の仕方はティルミナさんが一番詳しい。

「とりあえず、仕事の話は明日にするよ。今日はみんな馬車の移動で疲れたでしょう」

「あのう、ユナさん。安い宿屋を紹介してくれませんか？」

「宿屋？」

「早めに宿屋を確保しておかないと、他の人たちに取られちゃうから。とりあえず、今日は宿屋に泊まって、明日にでも、全員が住める場所を探そうと思っているんだけど」

「そんなの必要ないよ。お店の上に住めばいいよ。広いから十分だと思うよ」

「お店の上ですか？」

「うん、お店を開くのも楽でいいでしょう」

仕事場まで徒歩0分だ。行き来も楽だし、仕事で疲れたらすぐに休むこともできる優良物件だ。

「食事もお店の食材を使っていいから、衣食住の食と住はただだよ。まあ、どうするかはみんなで話し合ってから、決めていいよ」

とりあえず、みんなを連れて、ここから離れたい。先ほどから、わたしのことを見ている周りの視線が痛い。とくに、ミリーラの町から来た人からの視線が多い。話しかけられても面倒になるので、アンズたちを連れてこの場を離れることにする。

137　クマさん、アンズを案内する

　アンズたちは街の中が珍しいのか、周りをキョロキョロしながら歩いている。わたしも初めてクリモニアに来たときに同様なことをしたから、人のことは言えない。でも、わたしの場合はゲームの世界なのか異世界なのかを確認するために周囲を見ていた。それにわたしの場合は見るだけでなく、見られるほうだったような気がする。あのときはクマの着ぐるみ姿なんて、初めて見るだろうし、みんな、立ち止まってわたしのことを見ていた。今では、わたしが出没する場所限定だけど、そんなに珍しがられることもなくなった。

　わたしが異世界に来て、数か月過ぎた。早いものだ。

「人が多いね」

「そうね」

「本当にこの街で働けるの？」

「わたしやっていけるかな」

「それはみんなで頑張ろうと決めたでしょう」

「街の人はみんなおしゃれだね」

「うん、でも……いないね」

「いないわね」

なにがいないのかなと思っていると、みんなの視線がわたしに向けられる。

なんでわたしを見るかな？

「なにがいないの？」

「ユナちゃんみたいな格好をした人」

「クマがいない」

「街ではユナちゃんみたいにクマさんの服を着ている人がいると思っていた」

みんな頷いている。そんなことを思っていたの⁉

驚きの瞬間だ。常識的に考えて、わたしみたいな着ぐるみを着た人が街の中を歩いているわけがない。そもそも、この世界に着ぐるみの文化は存在しないはず。

でも、ミリーラの町から一度も出たことがなくて、クリモニアからの情報が入ってこない状況で、クリモニアから来たわたしを見たら、街には着ぐるみを着た人がいると思うのかな？

いや、でも最近は、クリモニアから仕事で行っている人もいるんだから、おかしいと思うよね。

「ユナさんみたいな服って、誰も着ていないんですか？」

なんとも答えづらい質問を。

「き、着ていないよ」

そう、答えるしかない。それ以外の答えは存在しない。着ているとしたら、わたしのお店で働いている子供たちぐらいだ。だけど、あれは制服であって、普段着ではない。しかもパーカだ。

そう、あんな感じのクマさんパーカだ。

「………」

わたしは歩いている子供に目がいく。間違いなく「くまさんの憩いの店」で働いている子供たちだ。

ど、どうして、こんなところを歩いているの？　その前になんでお店の制服を着て出歩いているの？

今の時間は……お店は？　いろいろと頭の中がフル回転するが、答えは導き出せない。

わたしがクマの制服を着た子供たちを見ていると、セーノさんが子供たちに気づく。

「あれは⁉　いたよ。あの子たち、クマさんの格好をしているよ」

セーノさんの声で、みんなの視線がクマさんパーカを着た子供たちに向く。それと同時に子供たちもわたしに気づく。

「ユナお姉ちゃん！」

わたしに気づいた子供たちは小走りで駆け寄ってくる。メンバー構成は女の子が３人。

「みんな、こんなところでどうしたの？　お店は？」

疑問に思っていることを尋ねる。

「お休みだよ」

ああ、そうか、今日はお休みの日。店に行かなかったから忘れていた。

「ユナさん。この子たちは？」

子供たちと話しているとアンズが尋ねてくる。ここで誤魔化しても、いずれ知られることになる。だから、正直に説明する。

「わたしの店で働いてもらっている孤児院の子供たちだよ。でも、どうして、みんなは制服を着ているの？　お店は休みなんだよね？」

「だって、これ可愛いから、それに暖かいし」

女の子は満面の笑みで答える。その笑顔に嘘はないみたいだ。

「それに、これを着ていると安全だって、ティルミナさんが言ってました」

「安全？」

「なんでも、クマの加護があるから絡まれることも、騙されることもないって。だから、買い物するときは着ることにしているの」

「あと、お買い物をすると、おまけをくれるんです」

もしかして、クマの加護って、わたしのこと？

でも、わたしの経験上、クマの格好をしていれば、逆に絡まれそうなんだけど。

本当に大丈夫なのかな。今度ティルミナさんに、どうして安全なのか確認をしないといけない。もしかするといじめにあうかもしれない。

「それで、みんなはどうしてここにいるの？」

「院長先生に頼まれて、食材を買いに来たんです」

「わたしたちはお店が休みだけど、みんなはコケッコウのお世話をしているから」

「みんな、偉いね」

みんなの頭を撫でてあげる。子供たちは目を細めて嬉しそうにする。

「それじゃ、みんな気をつけて買い物に行くんだよ」

買い物の途中の子供たちをいつまでも引き止めておくわけにはいかない。子供たちは元気よく返事をして、立ち去っていく。

「可愛い子供たちだったね」

「素直でよい子たちでしたね」

ニーフさんたちは子供たちを見てそんな感想をもらす。

「子供たちの面倒をみている院長先生が優しい人で、子供たちも慕っているから、みんなよい子に育っているよ」

本当に孤児院にいる子たちはよい子が多い。院長先生とリズさんのおかげで子供たちはまっすぐに育っている。


買い物に行く子供たちと別れたわたしたちは、アンズたちが働くお店に向かって歩きだす。そのお店を目指すと必然的に目に入るものがある。

「あれ、なに？」

「クマ？」

「クマだね」

「お店かな？」

みんなが見ているのは「くまさんの憩いの店」だ。アンズのお店は「くまさんの憩いの店」の近くにある。そのため、お店に向かうと、必然的に「くまさんの憩いの店」が視界に入ってくることになる。

入り口に置かれている大きなクマ。屋根の上に乗っているクマ。看板には大きな文字で「くまさんの憩いの店」と書かれている。

みんなは店の前で口を開けたまま、店とクマを眺めている。

「わたし、これと似たものを見たことがある」

「あら奇遇ね。わたしもよ」

「わたしもある」

全員、頷いたあと、わたしを見る。

「トンネルの前にあったクマと同じだよね」

はい、正解です。

「あっちは剣を持っていたけど、こっちはパンなのね」

「可愛い」

「もしかして、このお店って、ユナちゃんの？」

「一応、わたしが経営しているお店だよ」

ほとんど、ティルミナさんとモリンさんに任せてあるけど。

「それじゃ、さっきの子たちは、ここで働いているんだね」

「もしかして、わたしたちもここで働くの？」

心配そうにする顔と、不安そうな顔と、苦笑いする顔と、楽しそうにする顔、さまざまな反応を示す。

「ここは主にパンや軽食を販売しているお店だから。みんなには別の店を用意してあるよ」

「そうなの？」

「新しいお店ではお米や海鮮料理を中心に作ってもらう予定だから」

魚にはお米だよね。でも、現状ではお米も味噌もない。しばらくは魚介類だけになるかな？

「そういえば和の国ってどうなったの？」

お店にお米を出すなら、和の国から仕入れないといけない。

「先日、船が来て交易が再開されたよ」

それは朗報だ。お米や醤油、味噌が手に入る日も近いかもしれない。

「ジェレーモさんが、荷物が届きしだい送るって言ってました」

それは楽しみだ。わたしの食事ライフに和食が入ることになりそうだ。

わたしはアンズたちを連れてお店に向かう。向かうといっても、「くまさんの憩いの店」から、それほど離れていない距離にアンズのお店はある。

到着すると今度は目の前にある、大きな建物にアンズたちの目が釘づけになる。

「大きい」

「くまさんの憩いの店」よりは一回り小さいけど、２階建ての大きな建物になる。

「でも、クマさんがいないよ」

セーノさんが額に手を当てて、周囲を探す。

「いないですよ」

そもそも、あれはミレーヌさんがクマの制服を作ったせいで、お店の外見もクマにしようという話になっただけだ。それで、わたしが作る羽目になった。

「こっちのお店にもクマさん作りましょうよ。アンズちゃんもクマさんの置物、欲しいよね」

セーノさんがアンズに同意を求める。

「わたしはどちらでも」

「なら、置こうよ。ユナちゃんのお店なんだから。そうすればミリーラの町の人も来てくれるよ」

「たしかにそうね」

セーノさんの言葉にフォルネさんも賛同する。

「それにクマさんは目立っていいよ。クマさんに魚を持たせようよ」

「それなら、お米もいいかも」

「そうだね。クリモニアの人に知ってもらうにはいいかも」

セーノさんがどんどん話を進めていく。

「とりあえず、その話は後にして、中に入るよ。みんな、疲れているでしょう」

わたしは話を強引に切って、建物の中に入っていく。後ろからセーノさんが「作ろうよ」と言っている声が聞こえるが聞こえないふりをする。セーノさんはクマの置物が相当気に入ったみたいだ。

まあ、わたしとしても作ってほしいと言われれば、作らないこともない。もう、そのあたりは諦めている。抵抗してもしかたない。

今回は些細な抵抗だ。

建物に入ると広い空間が広がる。テーブルなどを置いて、お客さんが食事をすることになるフロアだ。

「なにもないね」

「でも、広い……」

アンズたちは部屋の中を歩き始める。

「本当にここでお店が開けるんですか？」

「うん、アンズのお店になるよ」

「凄い」

「気に入ってもらえたなら、嬉しいよ」

「ユナちゃん。奥に行ってもいい？」

わたしが頷くとセーノさんたちは自由に1階を探索し始める。1階には厨房、倉庫あり。もともとは普通の家だから、お風呂などもある。

アンズとニーフさんは厨房に向かっている。セーノさんたちは倉庫や風呂場があるほうへ向かう。

「わたしの宿屋の厨房より綺麗だよ」

アンズの声が厨房から聞こえてくる。それはもちろん、そのあたりは綺麗にしたからね。主にティルミナさんが。

「風呂場も綺麗だよ。しかも、クマがいたよ」

1階を調べ回っていたセーノさんが興奮気味に叫ぶ。その言葉に全員が風呂場に向かう。

「クマだ」

「クマね」

「クマさんだね」

クマハウスの風呂と同様に、お湯が出る場所はクマの口となっている。風呂場はちょっと修理が必要だったので、わたしが作り直したときにクマを作ってしまった。

「でも、広い」

「うん、全員で入っても大丈夫そうだね」

「でも、掃除が大変かも」

「そこは、話し合って綺麗に使ってね」

ひととおり1階を探索したアンズたちは2階に上がる。2階は住居になっている。アンズたちが暮らす部屋だ。

「部屋はたくさんあるから、好きな部屋を使っていいよ」

わたしの言葉にセーノさんが近くのドアを開ける。

「ユナちゃん、ここってもしかして一人部屋？」

アンズから店を手伝ってくれるのは4人と聞いていたので、各部屋にはベッドを一つしか置いていない。人数が増えれば相部屋にしてもらうけど、アンズを含めて5人しかいない今なら、一人で部屋を使ってもらって大丈夫だ。

「まさか、一人部屋をもらえるとは思わなかったわ」

「まあ、みんなで家を借りようと考えていたからね。安いところを探したら、一人部屋は無理だよね」

「ユナちゃん、もしかして、お給金が0ってことはないよね」

セーノさんが不安そうな声で聞いてくる。そういえばお給金の話をしていなかった。そのへんはティルミナさんと相談しないといけない。

「ちゃんと払うよ。ただ、いくらになるかは、担当の人に聞かないと分からないけど」

「うん、少なくても、ちゃんともらえればいいよ」

「ここに住めるならお給金が少なくてもしかたない」

明日にでもティルミナさんに相談しよう。

「あと、この家は女性専用にするから、男性を連れ込まないでくださいね。男の人とイチャつくときは別の場所でお願いします」

年頃の女性たちだから、そういうこともあるのかもしれない。でも、お店では勘弁してほしい。

「男はしばらくはいいわ」

それに、知らない人を家に入れたくない。

「わたしも」

「夫が殺されて、流石（さすが）にね」

アンズ以外の全員が頷いている。忘れていたわけじゃなかったけど、夫や子供を殺された人もいるんだよね。必要ないルールだったかもしれない。わたしは、もう少し言葉を選べばよかったと後悔した。

「他に、なにか聞きたいことある？　なければ今日は休んでもらうけど」

もう、夕方になる。今から街を案内するには時間がない。それに馬車で長い間座っていれば疲れているはず。今日は早めに休んでもらうことにする。

みんな顔を見合わせて、首を小さく横に振る。とくに聞くことはないみたいだ。

わたしは夕食と朝食に食べてもらうために、部屋にあるテーブルの上にモリンさんや子供たちが作ったパンを出す。

「それじゃ、明日の朝、来るから。今日はゆっくり休んでね」

アンズたちと別れたあと、わたしはティルミナさんのところに寄ってから家に帰る。

138　クマさん、アンズに説明する

アンズがクリモニアにやってきた翌日。家で待っているとティルミナさんが来てくれた。

「おはよう。少し、遅かった？」

「時間どおりですよ。それじゃ、今日はお願いしますね」

昨日、アンズたちをお店兼住む場所に案内したわたしは、ティルミナさんにお店のことでいろいろと相談に乗ってもらうため、家に来てくれるようにお願いしたのだ。朝は忙しいはずなのに、ティルミナさんは快く承諾してくれた。

「仕事のほうは大丈夫？」

「大丈夫よ。娘たちも手伝いに行っているし、リズもいるからね。少し時間がかかるかもしれないけど、しっかりやってくれるから心配はいらないわ」

最近ではリズさんも卵の管理や商業ギルドへの顔出しもしているそうだ。ティルミナさんが自分が病気になったときのことを考えて、リズさんに仕事を教えているという。

それにしても、仕事関係ではティルミナさんにお世話になりっぱなしだ。そして、今からもティルミナさんにお世話になる。

ティルミナさんを連れて、アンズのお店にやってきた。お店の中に入ると1階でウロウロしているアンズたちの姿がある。

わたしが入ってきたことに気づいたアンズが挨拶をしてくれる。

「あっ、ユナさん。おはようございます」

「ユナちゃん、おはよう」

ニーフさんたちもやってきて、挨拶をする。

「おはよう。みんな、よく眠れた？」

「うん、眠れたよ。ベッドもふかふかで気持ちよかったです」

アンズを見れば疲労の表情は窺えない。本当にちゃんと眠れたみたいだ。

「ユナちゃん、本当にあの部屋、使っていいの？」

「しかも、無料？」

「お給金ももらえるのに？」

よほど部屋を気に入ってくれたのか、セーノさんたちからも疑われる。

「もしかして、変な仕事とか」

セーノさんがそんなことを口にするので、全員の視線がわたしに集まる。

「お給金はちゃんと払うし、変な仕事じゃないよ」

まあ、うまい話には裏があるっていうし。不安になるのもしかたない。そもそも、こっちの世界の従業員の待遇について、詳しくは知らない。前に小耳に挟んだ話では、見習いには衣食住は提供されるが、無賃金の場合もあると聞いた。仕事にもよると思うけど。わたしのところでは、ちゃんとお給金は出すつもりだ。

「それで、ユナさん。そちらの方はどなたですか？」

アンズがわたしの隣に立っているティルミナさんのことを尋ねる。わたしはみんなにティルミナさんを紹介する。

先日会った、フィナとシュリの母親であること。お店の補佐をしてくれること。主に会計業務をしてくれること。ティルミナさんの紹介を終え、次にアンズを含めた全員の紹介をティルミナさんにする。

「ご迷惑をおかけすると思いますが、よろしくお願いします」

「分からないことがあったら、なんでも聞いてね」

「はい！　ありがとうございます」

アンズたちの自己紹介も終わり、1階にある休憩室に移動して、今後について話を始める。

「それじゃ、簡単に仕事を説明するけどいい？　なにか聞きたいことがあったら、言ってね」

わたしは前置きをし、仕事内容やこれからのことを簡潔にまとめて説明をする。まず、アンズにはお店の責任者になってもらう。みんなはアンズの指示に従ってもらう。この店はアンズのお店になるから、当たり前だ。それから、メニュー作成、店に出す料理はアンズが決めること。もちろん、相談するのはよい。決定権はアンズにある。他の者はお店の手伝いをしつつ、孤児院の手伝いもしてもらうこと。6日働いたら1日休みがあること。これは「くまさんの憩いの店」と同じになる。

「わたしが責任者……」

「補佐はわたしとティルミナさんがするから心配しないでいいよ」

主にティルミナさんがと心の中で付け足しておく。ティルミナさんも、そのことが分かっているのか、隣で苦笑いを浮かべている。

「まあ、アンズはデーガさんと同じように料理を作ってくれればいいから」

「……はい。頑張ります」

小さく頷く。

「アンズちゃん。メニューを作ってもらうときに材料の分量の記載もお願いね。仕入れ価格と相談して、販売価格を決めるから」

「はい。分かりました」

アンズは真剣な顔で返事をする。

「あと、これはしばらくしてからでいいけど、一日に販売する数を決めてね。そうしないと食材の仕入れが困るから」

クリモニアとミリーラでは仕入れ価格が違うので、デーガさんの宿屋と同じ販売価格にはならない。そこは仕入れの材料費と相談して、価格を決めないといけない。

「そうですね。食材を多く仕入れて、傷んだら困りますからね」

「食材の仕入れはティルミナさんが?」

「一応ね。もちろん、アンズちゃんがこの街に慣れてきて、余裕ができるようになったら、自分でしてもいいわよ」

「分かりました。それじゃ、食材は自分の目で見たいので、お店を教えてもらえませんか?」

「いいわよ。わたしのオススメのお肉屋さんや八百屋さんがあるから、あとで案内してあげる」

「ありがとうございます」

アンズは嬉しそうにティルミナさんにお礼を言う。

「わたしたちの仕事は……」

セーノさんが小さく手を挙げて、質問する。

「アンズから料理の手順を教わって、アンズの補佐を。それから、売り上げの集計、食材の管理、お店の掃除に……あとは孤児院の子供のお世話かな?」

あと、なにかあるかな?

「要は、アンズちゃんを手伝えばいいのね」

「アンズ一人に仕事を押しつけなければいいですよ」

「もちろん、アンズちゃんに頼んでまで、クリモニアに来てもらったんですもの。アンズちゃんの迷惑にならないようにするわ」

「みなさん、ありがとうございます。わたし頑張ります」

アンズは嬉しそうに年上のみんなを見る。

それから、お給金の話やお店についての説明をティルミナさんがする。だって、わたしでは適正なお給金なんて分からない。ただ、ティルミナさんには普通よりは多めでってことは伝えてある。もし、他からの引き抜きがあったら困る。

ティルミナさんが指定したお給金については誰も文句を言わなかった。

逆にそんなにもらっていいの？　と聞かれたくらいだ。住み込みの場合、お給金から引くそうだが、わたしはティルミナさんに引かないように頼んであった。

「でも、お客さん。来てくれるかな」

「デーガさんから受け継いだアンズの料理の腕は、アンズが思っているよりも凄いからね。少しは自覚を持ったほうがいいよ」

わたしの想像ではお客さんの数は凄いことになると思っているが、あくまでわたしの予想だ。蓋を開けたら、閑古鳥の可能性もある。

まあ、デーガさん仕込みのアンズの料理は美味しいから、そんなことにはならないと思うけど。

ただ、広まるまで時間がかかる可能性はある。

「お父さんの料理は美味しいけど。わたしの腕はまだ……」

「アンズが作ってくれた料理も十分に美味しかったよ。だから、自信を持っていいよ」

「あ、ありがとうございます。わたし、頑張ります」

「ただ、忙しくて大変でも、お給金は上がらないからね」

「わ、分かってます」

周りから笑いが起こる。

アンズにはそう言ったけど、店の売り上げしだいでは上げるつもりでいる。アンズにはしっかりと結婚資金を貯めてもらわないといけないからだ。どんな男性と結婚するにしても、お金はあって困ることはない。それで、お店を辞めることになってもだ。


それから、店の内装の話になる。

「見てのとおり、なにもないからアンズたちが相談して決めていいよ」

お店の中はなにもない。わたしたちが座っている休憩室の椅子やテーブルは前からあったものを使っている。お店用の椅子やテーブルではない。

「わたしたちが決めるんですか？」

「アンズのお店だからね。好きなようにしていいよ。決めたらティルミナさんに言ってくれれば、ティルミナさんが業者に発注してくれるから」

家具屋さんか大工さんかは分からないけど。そのあたりはティルミナさんにお任せだ。

「やっぱり、わたしがするのね」

ため息を吐くティルミナさん。それに対して、わたしは笑って誤魔化した。アンズは申し訳なさそうにする。

「厨房も、欲しい道具とかあったら言ってね」

「一応、家から使い慣れている道具は持ってきたけど、流石にみんなの分はないので、お願いしたいです」

「分かったわ。それじゃ、必要な道具を調べておいてもらえる？　できれば、料理をお出しするお皿とかコップの指定もお願い」

「あのう、お皿とかもわたしが選んでいいんですか？」

「いいよ。でも、値段はティルミナさんと相談してね」

「はい。分かりました」

その他、メニュー作りや役割分担などはアンズが数日内に決めることになった。


お店の話が終わると、次に孤児院の話になる。

孤児院の子供たちがコケッコウの世話をしていることや、昨日会ったクマの格好をした子供たちは「くまさんの憩いの店」で働いていることを説明した。

「それで、ユナちゃん。孤児院の仕事ってなにをしたらいいの？　子供たちと一緒に鳥のお世話をすればいいの？」

一番年上のニーフさんが、質問してくる。

「鳥のお世話は子供たちがするから、みんなには孤児院の手伝いや幼年組の面倒を見てもらいたいかな。子供たちもやってくれると思うけど、洗濯や掃除、食事を作ってほしい。子供の数が多くて大変だから。あと時間があれば簡単な読み書きと算術とか教えてあげてほしい」

一応、空いた時間で勉強はしているらしいが、院長先生一人で全ての子供に目が向けられていないのが現状だ。読み書きができないと、契約書で騙（だま）される可能性もある。算術ができないと取引で騙される可能性がある。孤児院の子供たちが、将来どんな仕事に就くにしろ必要なスキルだ。文字が読めたり、算術ができれば、将来役に立つ。仕事の幅も広がる。

「意外と大変ね」

今は院長先生とリズさんの2人だけで仕事をしている。大変だと思う。

「子供はね。なにを考えているか分からないし、元気は凄いし。子供のお世話をするのは凄く大変なのよね」

ニーフさんは経験があるのか、思いにふける。そして、少し悲しい表情をする。

たしか、盗賊から救い出された中には子供を殺されている人もいたはずだ。もしかすると、ニーフさんがそうかもしれない。もちろん、そんなことを尋ねたりはしない。

139　クマさん、アンズたちを孤児院に案内する　その1

孤児院の説明を終えたわたしたちは、アンズたちを連れて孤児院に行く。

「そういえば、ティルミナさんはフィナちゃんとシュリちゃんのお母さんなんですよね」

「ええ、ミリーラではお世話になったみたいで、ありがとうね」

「いえ、料理を作っただけです」

アンズは手を振って否定する。

「でも、料理が美味しかったって言っていたわよ」

「お父さんと比べたら、まだまだです」

「そんなことないよ。アンズの料理も美味しいよ」

「ユナさん……」

わたしの言葉にアンズは嬉しそうにする。別にお世辞を言っているわけじゃない。本当にアンズの料理は美味しい。

「ふふ。それじゃ、わたしもアンズちゃんの料理を楽しみにしているわね」

「うう、頑張ります」

会話をしていると、孤児院が見えてくる。孤児院が見えてくるってことは、必然的にあれも見えてくる。

「ここにもクマさんがいるわ」

「クマね」

「こっちのクマさんも可愛いよ」

新しく作った孤児院の前には子供たちのリクエストもあって、クマの石像が立っている。

「やっぱり、お店にもクマの置物作ろうよ」

セーノさんがみんなに呼びかける。

「やっぱり、ユナちゃんのお店なら必要よね」

ティルミナさんまでがそう言い始める。

このままではアンズのお店にまでクマの石像を作る羽目になってしまう。無駄な抵抗と知りつつ、わたしはアンズに救いを求める。

「お店はアンズのお店だし、クマがあったらおかしいでしょう。アンズもそう思うよね」

アンズが断れば、作らない理由ができる。

「……わたしは、別にクマさんがあっても」

目を逸らしながら言った。アンズに裏切られた。

「アンズちゃんもそう思うよね」

ティルミナさんが勝負に勝ったような笑みを浮かべる。ティルミナさんがミレーヌさんの影響を受けているよ。もしかして、わたしが知らないところで、意気投合している？

「そうなると、やっぱりクマに持たせるのはお魚かな」

　セーノさんがクマに持たせるものを考える。

「魚は外せないけど、イカやタコもいいんじゃないかしら」

「それなら、貝も作らないと」

「それじゃ、いっそのこと全部作ったらいいんじゃないかしら」

　ティルミナさんが全員の意見をまとめる。えっと、それはわたしが作るんですよね。クリフに無理やりトンネルの前にクマの石像を作らされたことが脳裏に浮かぶ。

　セーノさんが中心になって、いろいろな案が出る。アンズもティルミナさんも敵に回ったので、わたしに拒否する力はなくなっている。

「クマの置物の話はいいから、中に入るよ」

　もう、孤児院のドアの前まで来ている。なのに、話をやめないみんなを止めて、孤児院に入るように言う。


　アンズたちを連れて孤児院に入り、子供の遊び部屋に向かう。床に座っている院長先生を中心に子供たちが集まって絵本などを読んでいる。

「ユナさん、いらっしゃい」

「院長先生。おはようございます」

わたしに気づいた子供たちが駆け寄ってくる。

「くまのおねえちゃん」

子供たちはわたしのお腹や足、腕に抱きついてくる。これがクマ装備じゃなかったら押し倒されていただろう。大の大人だって、3～4人の子供に抱きつかれれば倒れかねない。流石クマ装備というべきか、子供たちが抱きついてくるぐらいでは、倒れたりしない。

そんなわたしのことを、全員が微笑ましそうに見ている。

とくにその中でニーフさんの表情が気になった。悲しそうな、無理に笑っているようにも見える。

「それで、今日はどうしたのですか？　それに後ろの方たちは」

院長先生はわたしの後ろにいるアンズたちに視線を向ける。

わたしは簡単にアンズたちを紹介して、ミリーラの町からやってきて、クリモニアでお店を運営してもらうことを説明する。

「彼女たちがそうですか」

「アンズです。よろしくお願いします」

院長先生には前もって新しい店で働く人がミリーラから来ることは話してある。

「セーノです」

「フォルネです」

「ベトルです」

「ニーフです」

それぞれが自己紹介をする。

「わたしはこの孤児院で子供の世話をしているボウです。住み慣れない土地で大変だと思いますが頑張ってください」

院長先生がみんなに挨拶を行う。

挨拶も終わったので、わたしは本題に入ることにする。

「それで、院長先生。お店の空いた時間で、みんなにも孤児院のお手伝いをしてもらおうと思っているんだけど」

「孤児院のですか？」

院長先生は少し驚いたような声をあげる。

お店のことは話していたけど、孤児院のことは話していなかった。ニーフさんたちに承諾をもらってからと考えていたからだ。

「わたしのせいで、院長先生もリズさんの2人だけで大変でしょう。リズさんにはコケッコウの世話も頼んでいるし」

「お気遣いありがとうございます。でも、大丈夫ですよ。子供たちはみんないい子たちですし、なによりもユナさんとティルミナさんが助けてくれてますから、わたしは大変とは思ってません。ユナさんに出会う前は食べるものにも困っていました。今はそんな心配もなくなり、こうやって子供たちと一緒にいる時間も増えました」

院長先生は膝の上に座っている子供の頭を撫でる。

そうは言っても大変なのは分かる。初めて会ったときの大変さと、今の大変さは質が違うだけで、大変なのは変わらない。

わたしとティルミナさんがしていることは、子供たちに仕事を与えているだけだ。子供の世話をしているわけではない。

「院長先生が倒れたら困りますから」

「いんちょうせんせい、たおれちゃうの？」

「せんせい」

わたしが院長先生が倒れると言った瞬間、周囲にいた子供たちが座っている院長先生に駆け寄る。そして、心配そうに院長先生の服を掴んだり、腕に抱きつく子供たち。

「大丈夫ですよ。倒れたりしませんよ」

院長先生は子供たちに抱きつかれても、ふらつくこともなく、しっかりと子供たちを受け止めている。クマ服を脱いだわたしよりも強いかも。

院長先生が困ったように子供たちの頭を撫でたりして宥める。その姿は微笑ましい。

「院長先生は子供たちのために倒れないでくださいね。わたしはそのお手伝いをしますから」

「ユナさん……ありがとうございます」

院長先生の了承も得たので、次に鳥の世話をしている子供たちのところにアンズたちを案内する。

孤児院の隣にあるコケッコウがいる塀の側にやってくる。

「この中なの？」

「鳥が逃げないようにね」

塀の中に入ると、子供たちが鳥を捕まえて小屋に仕舞(しま)っている姿がある。最近はコケッコウの数が増えてきているので、鳥小屋の部屋を分割して、掃除をしている。

「鳥を小屋に入れたら、お昼だよ」

「は〜い」

リズさんが子供たちと一緒に鳥を小屋に入れている。子供の一人がわたしたちに気づき、リズさんもわたしたちに気づく。

「ユナさん？　それにティルミナさん？」

リズさんがコケッコウを捕まえたまま、わたしたちを見る。

「ティルミナさん、今日は用事があるはずでは？」

「今、その用事でここに来ているの」

「そうなんですか」

「それで卵の取引は大丈夫だった？」

ティルミナさんが仕事の件で尋ねる。今日の卵の取引はリズさんが行った。

「はい。大丈夫です。ちゃんと、数を確認してギルドのほうに渡しました」

「ありがとうね」

「いえ、フィナちゃんも手伝ってくれましたから」

「それで、娘たちは？」

「小屋の中で仕事をしていますよ」

わたしたちがリズさんと話していると子供たちが集まってくる。

「ユナさんが来て嬉しいのは分かるけど、早くしないとお昼が遅くなるわよ」

リズさんは子供たちに仕事に戻るように言う。わたしが「頑張ってね」と声をかけると、子供たちは頷（うなず）いて仕事に戻っていく。

「ユナさんが来ると、みんなやる気になるんだから」

リズさんが笑う。

「みんな真面目に仕事をしているね」

「それと、みんなユナさんが好きみたいですね。さっきの院長先生のところにいた子供たちも、ユナさんが部屋に入ったとたん駆け寄ってきたし」

セーノさんとアンズが、子供たちを見てそんな感想を漏らす。

「わたしの格好がクマだからだよ」

「そんなことないわよ。いつも、ユナちゃんが来ると子供たちは嬉しそうにするし、普段よりも張り切って仕事をするんだから」

ティルミナさんが微笑みながら言うと、リズさんも頷く。

「普段はふざけたりする子もいるけど、ユナさんが来ると真面目になりますよ」

リズさんにまで言われると、否定ができなくなる。わたしは、いつも頑張っている子供たちの姿しか見ていない。

「それで、ユナさん。こちらの方々は、どちらさまですか？」

わたしはリズさんにアンズたちを紹介して、院長先生にしたのと同様の説明をする。

「孤児院のお手伝いですか」

「うん、リズさんと院長先生には負担をかけているからね」

「いいえ、ユナさんに出会う前のことを考えれば、全然大変じゃありませんよ。あのときは生きるために大変でした。食べるものもなく、頑張っても、頑張っても、食べ物は手に入りませんでした。でも、今は違います。大変だけど、頑張っても、頑張れば食べ物が手に入ります。子供たちに食べさせてあげることができます。毎日、美味しい食事ができるのもユナさんのおかげです。だから、大変でも頑張れますよ」

院長先生と同じようなことを言うリズさん。本当に2人には倒れられたら困るのに、2人にはその自覚がない。

それから、リズさんが子供たちがどんな仕事をしているか、説明をしてくれる。

「それじゃ、ここもユナちゃんが作ったんですか？」

「お腹を空かしている子供たちを見たユナさんが、子供たちがお腹一杯に食事ができるように仕事を与えてくれたんですよ。そのおかげで、今では子供たちはお腹一杯に食べることができるようになったんですよ」

「ギブアンドテイクだよ。わたしはみんなのおかげで卵を手に入れることができるから」

「ふふ、そうですね」

リズさんは悟りきった表情をする。

「でも、こんなにたくさんの鳥の世話をしているんですね」

「だから、卵や鳥の食材も使えるからね。美味しい料理を作ってね」

「が、頑張ります」

アンズには頑張って美味しい料理をたくさん作ってもらおう。

140　クマさん、アンズたちを孤児院に案内する　その2

小屋の隣にある卵を管理する小屋に入ると、フィナが椅子に座ってなにかをしている。

その隣ではシュリが卵ケースを片づけている。

「2人ともちゃんとやっているわね」

「お母さん？」

フィナが振り向く。

「それにアンズお姉ちゃん？」

「フィナちゃん、シュリちゃん、久しぶり」

フィナとシュリはアンズのところに駆け寄ってくる。

「はい。久しぶりです」

「これからユナちゃんのお店で働くことになるから、よろしくね」

「はい、よろしくお願いします」

「うん、よろしく」

2人はアンズとの再会を喜ぶ。それから、アンズと一緒に働くことになるニーフさんたちを紹介する。

「それで、フィナはなにをやっていたの？」

「今日の卵の残りを計算していたんです。ユナお姉ちゃん、持っていきますか？」

一応、商業ギルド、お店に卸す卵の数は決まっている。もちろん、モリンさんのお店のほうで追加が欲しければ優先的に回されることになっている。

「お店のほうは大丈夫？」

「はい、予定の分は持っていきましたし、在庫もあるみたいだから大丈夫です」

そして、余った卵はわたしがもらうことになっている。クマボックスに入れておけば、新鮮な卵を維持することができる。わたしはありがたく、余っている卵をもらっておく。

これからリズさんはお昼の準備をするそうだ。

「ユナさんたちも食べていきますか？」

リズさんに尋ねられて、どうしようかとみんなを見る。

「それなら、わたしに手伝わせてください」

アンズが昼食の手伝いを申し出る。リズさんがわたしに困ったように目を向ける。お客様に手伝わせていいのか、断っていいのか、悩んでいるようだ。でも、リズさんにアンズのことを知ってもらうにはいい機会だ。

「それじゃ人数が多いから、リズさんのお手伝い、お願いできる？」

1 2 3…

「はい！」

わたしの言葉に、アンズは嬉しそうにリズさんのほうを見る。

「それじゃアンズさん、お願いしますね」

リズさんがアンズを連れて孤児院に向かう。

わたしたちは子供たちの仕事が早く終わるように手伝う。それから、仕事を終えた子供たちと一緒に孤児院に戻ってくる。

「ちょっと、アンズちゃんの様子を見てくるね。忙しそうだったら手伝ってくるよ」

セーノさんが厨房に向かう。そのあとをフォルネさんベトルさんがついていく。ニーフさんもついていこうとしたが、小さな男の子がニーフさんの手を握っていた。

「ニーフさんは子供たちと遊んでいて」

「料理はわたしたちが手伝ってくるから」

「でも……」

「子供の手を離しちゃかわいそうでしょう」

2人はニーフさんを置いて、セーノさんの後を追う。ちなみにわたしの手を握っている子もいるよ。残ったわたしたちは食事ができるまで、子供たちと一緒に遊ぶことになった。

子供たちはわたしの服を引っ張ったり、抱きついてきたりする。こんな元気な子供たちの相手を毎日している院長先生とリズさんは凄い。わたしにはできそうもない。そんななか、ニーフさんが子供たちに囲まれて楽しそうにしている姿がある。

初めはぎこちない表情だったけど、徐々に本当の笑みになっている。

アンズたちが手伝った昼食は、どれも美味しく、子供たちにも好評だった。それから、ニーフさんと子供たちとの交流を深めるために、今日は子供たちと一緒に遊んだり、仕事をしたりすることになった。

親しくなるには一緒にいるのが一番だ。わたしがもっとも苦手とする分野だけど、クマ服のおかげで子供たちには懐かれている。

セーノさんとフォルネさんは子供たちと鳥のお世話に向かい、ベトルさんとニーフさんは幼年組の子供たちと一緒に遊ぶ。ティルミナさんはお店と商業ギルドに用があるので、孤児院を出ていった。フィナもシュリもティルミナさんについていく。

アンズもお店で使う必要な道具を調べるために、一人先にお店に戻っていった。

それから、夕暮れ時まで孤児院にいたわたしたちも帰ることにする。子供たちが外まで見送ってくれる。短い時間だったけど、セーノさんたちを受け入れてくれたみたいだ。とくに、ニーフさんは幼年組の子供たちに好かれていた。

やっぱり、子供がいたから、子供の扱いに慣れているのかな？

「また、来てね」

「うん、来るよ」

ニーフさんは子供たちの頭を撫でて、約束をする。みんな、手を振って別れる。

「院長先生もリズさんも優しい人だったね」

「子供たちも素直で可愛かった」

「わがままそうな子もいたけど、院長先生には素直に従っていたね」

「でも、たしかにあの人数を2人じゃ大変だね」

全員が先ほどまでいた孤児院の感想を言っている。これなら、お店との掛け持ちも大丈夫かな。そう思っていると、ニーフさんがわたしのほうを見ている。

「ニーフさん？」

ニーフさんが歩みを止め、真剣な目でわたしを見つめる。

「ユナちゃん。相談なんだけど、お店の手伝いをしながらじゃなくて、わたしは孤児院のお手伝いを専門にしちゃダメかな？」

そんなニーフさんの発言に全員の歩みも止まり、全員がニーフさんを見る。ニーフさんはセーノさんたちの視線に気づく。

「別にみんなとお店の仕事がしたくないわけじゃなくて、……その……子供たちと……」

一生懸命に説明をするニーフさん。伝えたいことは分かる。素直に子供たちの世話がしたいのだろう。みんなにもその気持ちが伝わったのか、微笑む。

「わたしはいいよ。ニーフさん、子供に好かれていたもんね」

「問題ないよ」

「うん、いいよ」

セーノさんたちからも賛同を得られる。

「本当にいいの？」

ニーフさんはみんなを見つめ返す。

「ニーフさん。やっと、笑った気がします。今まで、無理に笑っている感じでした。でも、子供たちと一緒にいるニーフさんは、本当に笑っていたと思います」

一緒に幼年組と遊んでいたベトルさんが言う。よく見ている。

「まあ、今まで、無理に笑っているような笑顔だったしね」

セーノさんたちもベトルさんの言葉に同意する。

「そうだった？」

「分かっていないのは本人だけですよ」

「こっちに来れば、嫌なことも忘れ、笑ってくれるかなと思っていました。ニーフさんにとって、笑顔になる方法が孤児院の子供たちと一緒にいることなら、わたしは喜んでニーフさんに譲りますよ」

フォルネさんとベトルさんの言葉にセーノさんが頷く。

「みんな……」

「だから、ニーフさんは子供たちのところに行ってあげてください」

ニーフさんはみんなを見る。

「アンズにはわたしから、言っておきます」

「ユナちゃん、みんな、ありがとう」

ニーフさんは作り笑顔でない本当の笑顔でお礼を言う。そしてニーフさんはお店には戻らずに孤児院に引き返すことになった。

「でも、お店が忙しくなったらお手伝いに行くから、頑張って人気のあるお店にしてね」

「アンズちゃんと一緒に、クマの手が借りたいほど、忙しいお店にしますよ」

「頼もしいわね」

ニーフさんは微笑むと、子供たちのいる孤児院に向かって走っていった。

戻ってニーフさんのことをアンズに報告すると、嬉しそうに承諾してくれた。アンズもニーフさんのことが心配だったみたいだ。


翌朝、モリンさんたちにアンズたちを紹介するため、「くまさんの憩いの店」にやってくる。

お店の前にはパンをかかえたクマの置物がある。アンズたちはクマの置物を眺めている。

「やっぱり、わたしたちのお店には魚だね」

セーノさんがパンを持っているクマの石像を見ながら言う。

わたしはその言葉を無視して、裏口からお店の中に入る。中に入るとクマさんパーカを着てパン作りをしている子供たちの姿と、パンを焼いているモリンさんとカリンさんの姿がある。

「ユナお姉ちゃん!?」

わたしが厨房に入ると、子供の一人が気づく。

「おはよう」

「あと、こないだのお姉ちゃんたち?」

どうやら、先日、店の外で会ったことを覚えているみたいだ。わたしよりも記憶力がいい。

「ユナちゃん。いつもどおりに朝食?」

モリンさんが声をかけてくる。わたしはよくお店が開店する前に朝食を食べに来る。

「はい。あと追加で4人分いいですか?」

わたしはアンズたちの分もお願いする。アンズたちには「くまさんの憩いの店」のパンを食べてもらうため、朝食はとらないように言ってあった。

「好きなだけ食べていいよ」

「ありがとうございます」

「それで、その4人はユナちゃんのお客様なの?」

「前に話したと思うけど、わたしのもう一つのお店で働くためにミリーラからやってきてくれた4人だよ」

「ああ、あのお店の。遠くから来たね」

モリンさんがいた王都よりは近いですよ。

アンズたちをモリンさんやカリンさん、子供たちに紹介する。

すでに街中でアンズたちに会ったことがある子供たちは「あのときのお姉ちゃんたち」とか言って、元気に挨拶をしていた。

お互いの挨拶も終わり、モリンさんたちの仕事の邪魔にならないように、次に店内を案内する。

「お店の中もクマだらけね」

店内にはテーブルから壁から、あらゆる場所にクマの置物が飾られている。

「でも、可愛いよ」

フォルネさんがテーブルにある魚を咥えているクマさんをちょこんと突っつく。

「お店にも欲しいね」

作れなんて言わないよね？

それから、店内を見て回ったわたしたちは、モリンさんの言葉に甘えて焼きたてのパンをご馳走になる。

「それにしても、このパン美味しいね」

「うん、どのパンも美味しい」

「先日、食べたパンって、このパンだったんだね。みんなで美味しいって、話していたんですよ」

モリンさんのパンはアンズたちにも高評価みたいで、よかった。

141　クマさん、ミレーヌさんの乱入に疲れる

　アンズたちが来て数日が過ぎた。ニーフさんは今では孤児院に住んで、毎日子供たちのお世話をしている。

　お店のほうはアンズたちの希望をいろいろと聞いて、開店に向けて準備が順調に進んでいる。厨房に必要な道具も買い揃え、お客様にお出しする食器なども決めた。注文するたびにアンズがお金の計算をして、青くなっていた。テーブルや椅子などを注文したときは「もっと、安いものでも」とか言っていた。

　別にお金には困っていないので、本当にアンズがお店に必要と思ったものは買った。

　今日は注文していたテーブルと椅子などが届く日になっているので、お店に顔を出しに行く。

「その大きなテーブルはこっちにお願いします。小さいテーブルはそっちに」

　お店に着くと、アンズが指示を出して、テーブルや椅子の設置をしている。テーブルや椅子が並べられて、お店っぽくなってくる。

「これで、テーブルも椅子の配置も大丈夫ですね」

「新しいテーブルです」

アンズが嬉しそうにテーブルに触れる。

「あとは、ミリーラから魚介類やお米が届けば、いつでもお店が開けるね」

他の準備も順調に進んでいるので、魚介類を仕入れれば、すぐにでもお店を始めることができる。

「なにを言っているの？　まだ、決めていないことがあるでしょう」

声がしたほうを見ると、お店の入り口にミレーヌさんが立っていた。

「アンズちゃん、久しぶり」

ミレーヌさんはアンズに挨拶をして、わたしたちのところにやってくる。

「ユナちゃんもアンズちゃんも、なにか大切なことを忘れていない？」

それ以前に、どうしてミレーヌさんがここにいるんですか？　それ以前に、会話を聞いていたの？　どこから突っ込みを入れていいのか分からない。アンズたちもミレーヌさんの登場に驚いている。

「どうして、ミレーヌさんがここにいるんですか？」

とりあえず、一番知りたいことを尋ねてみる。

「アンズちゃんがクリモニアに来たって話をティルミナさんに聞いてね。会いに来たの。本当はもっと早くに来るつもりだったんだけど、トンネルの影響で忙しくて、なかなか来られなかったのよ」

まあ、トンネルが開通すれば、人の行き来も多くなる。そうなれば商業ギルドは忙しくなるよね。

「それで、大切なことを忘れているってなにをですか？」

「それはお店の名前と制服よ」

たしかにミレーヌさんの言うとおり、店の内装ばかり考えて、店の名前を考えていなかった。でも、なんで名前を決めていないことを知っているの？

「お店の名前は分かったけど。その制服っていうのは？」

嫌な予感しかしないんだけど。

「ユナちゃんのお店なんだから、制服は必要でしょう」

気のせいかな。今、クマって聞こえた気がするんだけど。たぶん、幻聴だ。気のせいだ。

「でも、たしかにお店の名前のことは忘れていました。お店に名前は必要ですよね」

アンズがミレーヌさんの言葉に乗ってしまう。この流れがヤバイことにアンズは気づいていない。アンズはテキパキと仕事をするギルドマスターのミレーヌさんしか知らない。

でも、ミレーヌさんも間違ったことは言ってない。たしかに店の名や看板は必要だ。開店しても看板がないと、なんの店なのかが分からない。

「アンズのお店だから、アンズが名前を決めていいよ」

「わたしですか？」

『くまさんの憩いの店』も、わたしが決めた名前じゃない。それに、名前にこだわりはない。変な名前でなければ、なんだっていい。

「うん、アンズが決めていいよ」

「いきなり、そんなことを言われても……」

アンズは周りを助けを求めるように見る。

「デーガさんのお店の名前はなんだったの？　デーガさんの味を引き継いでいるから、2号店とか、クリモニア支店とかでいいんじゃない？」

「えーっと、宿屋に名前はないです」

「そうなの？」

わたしはセーノさんたちを見る。返ってきた反応は頷く仕草だった。

「わたしは知らないよ」

「アンズちゃんの宿屋とか、デーガさんの宿屋とかで通じていたので」

フォルネさんの言葉にみんな頷いている。そういえばアトラさんも筋肉宿屋と呼んでいた記憶がある。もし、ちゃんとした名前があったら、デーガさんに同情してしまう。

「それじゃ、お店の名前はどうしようか？」

「クマでいいんじゃない。ユナちゃんのパン屋も『くまさんの憩いの店』でしょう。なら、このお店もクマがつく名前でいいと思うんだけど。それにお店の前にはすでにクマの石像もあるし」

ミレーヌさんが余計なことを言いだす。

そう、お店の前には大きな魚を抱きかかえたデフォルメされたクマの石像が立っている。セーノさんに押し切られる感じでクマの石像を作らされたのだ。アンズたちからも反対意見も出ず、しかも魚を出している料理店と分かりやすいからと言われたら、断ることもできなかった。でも、作ってから思ったけど、クマは必要なくない？　魚だけでもよかった気がした。

「『くまさんの憩いの店』っていい名前だよね。お店の外にも中にもクマの置物があって、落ち着く感じがするお店だったよね」

「このお店は軽く食事をしたり、休憩するようなお店じゃないからね」

「それなら、普通に『くまさん食堂』でいいんじゃない？　だってこのお店は食堂でしょう」

フォルネさんが当たり障りのない名前を出す。

「でも、それだと捻(ひね)りがなくない？」

「『くまさん海鮮食堂』？」

「海鮮以外の料理も出すよ」

「それじゃ『クマとお魚のお店』とか？」

セーノさんネーミングセンスないです。

「『くまさん満腹料理店』」

「なんとなくいいかもね。クマさんも満腹になるお店って感じがするね」

どんどん、お店の名前が出されていく。出てくるのは、やっぱりクマだけど。そして、話し合いの結果、最初に出た「くまさん食堂」に落ち着いた。

「それじゃ、看板はわたしのほうで頼んでおくけどいい？」

「いいけど、ティルミナさんに話を通してね」

基本的に決定権を持っているのはティルミナさんだ。一応、わたしに許可をもらいに来るが、わたしがなんでも許可を出してしまうので、ティルミナさんの厳しいチェックが入る。

「分かっているわよ。それじゃ、お店の名前も決まったことだし、あとはお店で着る制服ね」

ミレーヌさんの目つきが変わった。まさか、ミレーヌさんはアンズたちにも「くまさんの憩いの店」の子供たちみたいにクマの格好をさせようとしているの？

なんとなく想像してみるが、アウトのような気がする。

「制服ですか？　別に普通にエプロンをつければいいんじゃ」

アンズの意見に心の中で1票を入れる。

「それじゃ、面白く……『くまさん食堂』のイメージに合わないでしょう」

今、この人、絶対に面白くないって言ったよ。クマさんの耳は聞き逃さなかったよ。でも、ミレーヌさんは話を続けていく。

「ここはやっぱり、クマの服だと思うのよね」

「「「「…………」」」」

4人はやっと、ミレーヌさんがなにを言いたいか理解をしたみたいだ。わたしはミレーヌさんがなにを言うか気づいていた。

世間では「くまさんの憩いの店」のクマの制服はわたしの考えとして広まっている。あの話し合いのことを知らなければ、わたしのお店だから必然的にわたしの考案と思うのはしかたない。

「それって、つまり、わたしたちも、あの子供たちのようにクマの服を着るってことですか？」

「無理です！」

フォルネさんが即答する。

「それは、ちょっとね。年齢が……」

ベトルさんも苦笑いを浮かべる。

「わたしはちょっと着たいかも」

セーノさんの台詞(せりふ)にみんなは驚く。なんで、ミレーヌさんまで驚くんですか。セーノさん以外は否定的だ。それはそれで、わたしの格好を否定されているようで悲しい。

「別に普通の服にエプロンでも」

「ダメよ！　それじゃ、ユナちゃんの店じゃなくなるわ」

アンズはミレーヌさんの勢いに戸惑う。

アンズは彼女が商業ギルドのギルドマスターと知っているので、強く出られずにいる。

目の前にいる女性はミリーラの町の商業ギルドを立て直してくれた人だ。ミリーラのためにいろいろしてくれたことは、全員知っている。食料の手配もしてくれた。トンネルや周辺の開拓もクリモニアの商業ギルドが中心になって行ってくれた。そんな恩人を目の前にして、断ることができるのかな？

もし、わたしがそんな立場だったら断ることはできない。ミレーヌさんを止めることが難しいのは、過去の出来事が証明している。だから「くまさんの憩いの店」の制服はクマの制服になってしまったのだ。

アンズは助けを求めるようにわたしを見る。

「えっと、ミレーヌさん。みんなも嫌がっていますし」

「え〜。せっかくアンズちゃんのために用意したのに」

ミレーヌさんはアイテム袋からクマさんパーカを取り出して広げる。たしかに大きい。大人用のクマさんパーカだ。

でも、わざわざ作ったの？

「アンズちゃん、着てみない？」

「いえ、その。ごめんなさい」

アンズはミレーヌさんが持つ服をチラッと見ると即答で断る。

なんだろう。今、心が痛くなった。これって、アンズが着ても着なくても、わたしが精神的ダメージを受けない？

断られたミレーヌさんは、残念そうにする。でも、それで諦めるミレーヌさんではない。ミレーヌさんとの攻防が続く。

結局クマの刺繍入りのエプロンになった。それが双方の妥協点になった。

アンズたちは疲れきった表情をしている。わたしは心の中でご愁傷様と合掌する。でも、わたしのライフも0になりかけたよ。みんながクマを否定するたびに、わたしのライフは減っていたのだ。

142　クマさん、刺繍を頼む

アンズたちが働く姿はクマの刺繍つきエプロンで決まった。

そう言えば刺繍で思い出すことが一つある。クッションにクマの刺繍をつけてくれた孤児院の女の子のことだ。学園の護衛のときに役に立った、クマが刺繍された大きなクッション。あのクッションのおかげで、楽な姿勢で馬車で移動することができた。

「ミレーヌさん。その刺繍の件だけど、どこかに頼むんですか？」

「『くまさんの憩いの店』のクマの服を作ってくれた裁縫屋に頼むつもりよ。それがどうかしたの？」

「孤児院の女の子が作ってくれたものがあるんだけど」

わたしはクマボックスから、クマの刺繍が施されたクッションを取り出す。クッションにはデフォルメされたクマが刺繍されている。

「な、なにそれ！」

ミレーヌさんが手を伸ばしてクッションを奪い取る。

「孤児院にいるシェリーって女の子にもらったんです」

「可愛(かわい)い。それに上手ね」

ミレーヌさんはクッションの刺繍に触れながら感想を言う。わたしから見ても十分にデフォルメがきいていて、可愛らしいクマだ。たぶん、わたしのお店にある置物を参考にしたんだと思う。

「もし刺繍を頼むなら、この子にやってもらったらいいんじゃないかな？」

シェリーは手先が器用で、部屋の隅で、いつも裁縫をしている。孤児院に置いてあるクッションやカーテンとかに刺繍が施してあるのは、みんなシェリーの作品だ。

わたしはクッションだけでなく、クマの刺繍入りのタオルもプレゼントされている。

「このクマの刺繍があるエプロンを着て……仕事を」

フォルネさんはジッとクッションを見ている。

「可愛い」

「でも、恥ずかしくない？」

「うん、ちょっとね」

賛成意見はセーノさんぐらいだ。あとの4人は恥ずかしいためか、乗り気でない。そんな4人を見てミレーヌさんは悪い顔をする。

「なら、やっぱりここは子供たちと同じ服にしましょうか？」

ミレーヌさんの言葉に4人の表情が変わる。

「い、いえ、この刺繍のエプロンがいいです」

「わたしも」

「そうね。可愛らしくていいわね」

「うん、わたしもエプロンでいいと思う」

全員の意見が一致した。

「それじゃ、エプロンの刺繡はシェリーちゃんに頼みましょう」

ミレーヌさんの言葉に反対する者は誰もいなかった。反対すれば子供たちと同じクマの格好が待っているからだ。さっそくわたしとミレーヌさんはシェリーに会いに孤児院に行くことにした。

シェリーの仕事は鳥のお世話だ。だから、鳥小屋に向かう。仕事が一段落しているのか、みんな遊んでいる。近くにいる子供にシェリーのことを聞くと、家に戻ったらしい。

孤児院ではニーフさんが院長先生とリズさんと一緒に話をしている姿がある。

わたしたちに気づいた3人にシェリーの居場所を尋ねる。

「シェリーなら部屋にいると思うよ」

わたしたちはシェリーの部屋を教えてもらい、2階へ向かった。

「シェリーいる？」

ドアをノックして中に入る。

「ユナお姉ちゃん？」

中に入るとベッドに座って刺繡をしている女の子がいる。年齢は12歳ぐらいだ。この子がシェリー。わたしにクマさんの刺繡をしたクッションをくれた女の子だ。

「ちょっといいかな？」

「うん、いいけど」

いきなり、わたしとミレーヌさんがやってきて、シェリーは不安そうな顔をする。きっと、ミレーヌさんの顔が怖いせいだ。わたしのせいではないはずだ。

「刺繡をしていたの？」

「うん、好きだから」

シェリーの手元を見ると、やりかけの刺繡がある。

「見せてくれる？」

わたしとミレーヌさんはシェリーの手元を覗き込む。そこには「くまさんの憩いの店」にあるデフォルメされたクマが刺繡されていた。

「クマ？」

「お店に飾ってもらおうと思って」

「これなら、売ってもいいかもね」

ミレーヌさんがシェリーの刺繡を見て、そんなことを言いだす。ミレーヌさんの目が商売人の目になっている。

「上手ね」

「ありがとうございます」

シェリーは頬(ほお)を赤く染めながら、嬉しそうにする。

「それで、シェリーちゃんに頼みがあるんだけどいいかな？」

ミレーヌさんが、シェリーの小さな手を握りながら、お店のエプロンについて説明する。

「わたしがですか……」

シェリーは驚いた表情をする。

「うん、お願いできるかな？」

「でも……」

シェリーは下を向いてしまう。わたしはシェリーに近づいて尋ねる。もし、嫌なら無理強いはしたくない。

「刺繍を作るのは嫌？」

「……嫌じゃないです。でも……」

「でも、なに？」

嫌じゃない。なら、どうして？　と疑問が浮かび上がる。

「もし、わたしの刺繍が不評で、お店の評判を落としたら孤児院がなくなっちゃうかも」

真剣な顔で言うシェリー。この子はそんなことを考えていたのか。いけないと思っていても、嬉しくて笑みが出てしまう。孤児院のことやお店のことを心配してくれたのが嬉しかった。

「シェリー、大丈夫だよ」

シェリーの頭をクマさんパペットで優しく撫でてあげる。

「ユナお姉ちゃん？」

「そんなことで、潰れるお店じゃないよ。わたしが作るお店だよ。パン屋さん、凄い数のお客さんが来てくれていることは知ってるよね？」

「うん」

「卵も売れてるよね？」

「うん」

「そんなわたしが作るお店だよ。そのわたしがシェリーに刺繍をしてほしいと思っているんだよ。失敗すると思っているの？」

「でも、わたしが……」

わたしはクマボックスからシェリーからもらったクッションを取り出す。

「それは……」

「わたし、これをもらったとき、嬉しかったよ。とても上手にできていると思うよ。こんな可愛らしいクマの刺繍のエプロン、作ってくれないかな？」

「ユナお姉ちゃん……」

シェリーの顔が少し上がる。

あと、一押しかな。

「もし、失敗したら、ミレーヌさんのせいだよ。ミレーヌさんの案だからね。でも、成功したらシェリーのおかげだよ」

「ちょっ、ユナちゃん」

隣でミレーヌさんがなにか言いたそうにするがスルーして話を続ける。

「それに、失敗するわけないでしょう。こんなに可愛らしいんだから」

刺繍されたクッションのクマを触る。

「本当に、わたしでいいの？　わたし素人だよ」

「いいよ」

優しく、言ってあげる。シェリーは下唇を噛む。考えて、悩んで、自分で答えを出す。

「……うん、分かった。わたしやる。ユナお姉ちゃんのために頑張る」

やっと、顔を上に向けて話してくれる。

「ありがとう」

もう一度、頭を撫でてあげる。シェリーに満面の笑みが浮かぶ。でも、そんないい雰囲気を壊す人がいた。

「それじゃ、シェリーちゃんは預かっていくね」

今までのいい会話を台無しにするかのようにミレーヌさんが、そんなことを言いだす。

「あわわ、ユナお姉ちゃん！」

シェリーはミレーヌさんに手首を摑まれて慌てる。

「ミレーヌさん、どこに連れていくんですか!?」

「裁縫屋さん。エプロンの相談をしに行くから、必要でしょう。だから、シェリーちゃんは預かっていくね」

再度、シェリーの手を引っ張る。

「あわわ、待ってください。引っ張らないでください！」

その力に抵抗もできず、シェリーはミレーヌさんに部屋から連れ出されてしまった。

シェリーの声は孤児院を出るまでしばらく聞こえていた。取り残されたわたしはリズさんに、シェリーがミレーヌさんに連れていかれたことと、刺繍作りのため、しばらく鳥のお世話は休みにしてもらうように頼んだ。

143 クマさん、お店を開店する

シェリーがミレーヌさんに連れ去られて、数日が過ぎた。

そして、シェリーによってクマの刺繍入りのエプロンが完成した。よく短期間に作り上げてくれたものだ。エプロンは店で働く4人分だけでなく、応援に来てくれるニーフさんの分も用意されている。裁縫屋を経営する夫婦もシェリーの作業の速さに驚いたらしい。

さらに、シェリーは刺繍だけではなく、エプロン作りも手伝ったらしい。

シェリーは元々、裁縫が得意だったみたいだ。話を聞けば、孤児院にいる子供たちの破けた服の修繕も、シェリーが院長先生の代わりにやっていたらしい。以前は服なんて買うこともできなかっただろうし、修繕は当たり前のことだったようだ。今はちゃんと新しい服を買ってあげてるよ。

その後、エプロンが完成した今でもシェリーは裁縫屋さんに通っている。

なんでも、店の夫婦から、今後もうちで働かないかと誘われたらしい。初めは戸惑ったシェリーも、院長先生に「後悔しないように選びなさい」と言われ、裁縫屋さんで働くことに決めたようだ。

未だに自分に自信がないのか「わたしなんかが……」と呟いている。でも、母親から教わったことが認められて、嬉しそうにしている。どこまで頑張れるか分からないけど、今後は刺繍だけでなく、服の作り方や、いろんなことを学んでいくらしい。シェリーははにかみながらわたしに話してくれた。

わたしが「シェリーの実力と頑張りが認められたんだね」と言うと、嬉しそうに微笑んだ。

店の準備も進み、開店に向けてアンズたちも頑張っている。

もちろん、わたしも頑張っているよ。店の外にクマを作ったり、店の中にクマを作ったり、店の外にクマを作ったり、店の中にクマを作ったりしたよ。大事なことだから、2回言ったよ。

魚料理を出すお店と分かるように入り口の前に作った、大きな魚を抱きかかえたクマの石像の他に、今回はお店の中にもクマの置物を作った。もう、作るんなら1体も2体も同じなので、逃げるのは諦めた。作ったのはずっしり座ったクマがお茶碗と箸を持っている姿の石像だ。

本当にクマだらけになりそうだ。

そして、「くまさん食堂」の開店を翌日に控えるところまできた。

主な食材の魚介類やお米もミリーラの町から届いている。エレゼント山脈の山頂付近で手に入れたスノーダルマの氷の魔石が役に立っている。山が高く普通の冒険者でも取りに行くには大変な山脈だ。

そんな山があったため、今までミリーラの町とクリモニアの街は交流を持つことが難しかった。でも、今はトンネルが完成したことによって、お互いの交流も増え始めている。仕事でお互いの街を行き来し、どちらにもよい影響が出ているとクリフが言っていた。

これも、商業ギルド、冒険者ギルドが力を合わせて頑張っているからだろう。その上で指示を出しているのがあのクリフだと思うと不思議な気持ちになってくる。

トンネルはクリフが管理することになっているが、商業ギルドも一枚噛んでいる。

商業ギルドは魚介類の販売、塩の販売を行っていく。ただし塩の製造や販売は国王の下、クリフの指示によって行われるそうだ。

海水から塩がどのように作られるのか、細かい方法は知らないが、やり方によってはキツイ労働になるって小説や漫画で読んだことがある。

だから塩の話を聞いたとき、ミリーラの町の住人に迷惑がかからないようにと伝えた。一応、クリフには「そうしないと自然崩壊でトンネルが埋まるかも」と口を滑らせておいた。脅迫とも言う。

まあ、クリフが酷い環境の中で塩を作らせているとは思わないので、心配はあまりしていない。

お店が開店を迎えるにあたって宣伝もしている。ミレーヌさんにお願いして、商業ギルドや関係者のところの壁にチラシを貼らせてもらった。ティルミナさんは、お世話になっているお肉屋さんや八百屋さんにチラシを貼らせてもらったという。

そして、わたしは知り合いを集めて試食会を行った。

アンズが魚を捌き、魚料理を作ったり、さらにおにぎりを作ったり、タケノコご飯を作ったり、炊き込みご飯を作ったりして、試食をしてもらった。

最後には魚介類が入った鍋料理を食べた。

損して得取れ、ということわざがあるぐらいだ。いくら美味しくても、未知の料理にお金は出しにくいものだ。でも、無料で食べてもらって、美味しければ、次はお金を払って食べに来てくれる。さらに食べたお客様が別のお客様に広めてくれれば大成功だ。一度食べてもらえさえすれば、アンズの料理は認められると思っている。

開店当日、試食会や宣伝のおかげで多くのお客様が来店した。

『くまさんの憩いの店』のときと同様に、お店の前での警護をルリーナさんとギルにお願いした。そんな2人の冒険者が入り口に立っているので、騒ぐ者もなく、大きな混乱はない。

お店が始まるとわたしも裏方で手伝う。魚の捌き方は教わったりしたが、アンズたちほど手際よくはできない。わたしは野菜や肉料理の下ごしらえを手伝う。

料理は意外にも炊き込みご飯系が人気があった。次は醤油が口に合ったのか、醤油の味つけの料理の注文が多かった。醤油に引きつけられて、魚介類にも好調に注文が入った。

一日が終わってみれば、お店の中は死屍累々だった。

孤児院の仕事をしているニーフさんも手伝いに来てくれたが、あまりの忙しさに、テーブルの上に突っぷして倒れている。料理はアンズとベトルさんとわたしが手伝い、店内はフォルネさんとセーノさんが中心となって頑張った。応援に来てくれたニーフさんも店内を手伝ってくれた。

「疲れた〜」

「死ぬわ」

「こんなに忙しいなんて」

「お給金の値上げを要求したいわ」

みんながわたしのほうを恨みがましい目で見る。そんな目で見られても困る。初めに言ったはずだ。アンズの料理は美味しいから人気が出るはずだと。でも、試食会が予想以上の反響を呼んだみたいだ。

「恨むなら、アンズを恨んでね。それだけアンズの料理が美味しかったんだから」

「嬉しい悲鳴ってこういうときに言うんですね」

「それで、アンズ。お店はやっていけそう？」

「初めは不安だったけど、こんなにわたしの料理を喜んで食べてもらえるなんて嬉しいです」

「多すぎて大変だったけどね」

「まあ、初めは珍しくて店から遠くても足を運んでくれるけど。魚、お米の流通ができたから、いろんな店で普通に食べられるようになるよ。そうなったら、お店も落ち着くと思うけど。そのときこそ、味勝負になるから、アンズの腕の見せ所だよ」

「頑張ります」

アンズは疲れきっている顔で元気に返事をする。

この調子ならお店は大丈夫かな。

144 クマさん、黒虎を解体しようとする

アンズのお店には順調にお客様が来店している。

ただし、初日ほどの騒ぎはない。その理由は、いろいろな場所でお米や魚の販売が始まったり、アンズと同様にミリーラの町からやってきた人がクリモニアで店を開き始めたためだ。ライバルの出現はしかたないことだ。

わたしとしてはクリモニアに魚介類が広まるのは嬉しいことだ。店が潰れないようにアンズたちに頑張ってもらえればそれでいい。デーガさんの味を受け継いでいるアンズの料理が他の店に負けるとは思っていない。

でも、人生どこに落とし穴があるか分からない。まあ、謙虚なアンズが慢心することは考えられないけど、なにが落とし穴になるかしれない。そのへんはセーノさんたちがフォローをしてくれるはずだ。それにいざとなればわたしの知識もある。と言いたいけど、わたしの知識じゃ、たかが知れている。

もっと料理の勉強をしておけばよかったと今さらながら思う。

お店も落ち着いてきたので、今日は後回しになっていた黒虎（ブラックタイガー）の解体をしようと思っている。

忘れていたわけじゃないけど。シアたち学生の護衛の仕事から戻ってきたら、アンズがクリモニアにやってきて、店の準備で忙しくなって、黒虎（ブラックタイガー）を解体する時間はなかった。

今日はその黒虎（ブラックタイガー）の解体を行うためにフィナがクマハウスに来ることになっている。いつも思うけど10歳の女の子に魔物の解体を頼むってどうなんだろう。何百と解体をやってもらっているから、今さら感はある。それにフィナは解体の仕事をしなくても生活はしていける。

ティルミナさんは元気になって仕事をしているし、再婚をして、新しいお父さんのゲンツさんもいる。フィナが働く必要はない。でもフィナも断らないし、わたしも自分から「もういいよね」とは言いだせない。だから、フィナが断ったり、嫌そうにしなければ、契約は破棄しないつもりでいる。

そんなフィナをのんびりと待っていると、約束どおりにクマハウスに来てくれた。

「ユナお姉ちゃん。おはようございます」

「フィナ。おはよう」

元気な挨拶（あいさつ）は嬉しくなるね。

「それで、わたしに用事ってなんですか？」

フィナに解体をお願いしようとしたとき、周りに人がいたので黒虎（ブラックタイガー）のことは口にできなかった。そのため、フィナには用があるからクマハウスに来てほしいとしか伝えていない。

「フィナに解体をしてほしい魔物があるの」

「ウルフの解体ですか？」

「ちょっと違うけど。似たようなものかな」

ウルフも黒虎も似たような生き物だ。ちょっと、色と大きさが違うだけだ。

…………たぶん。

フィナを連れてクマハウスの隣に建っているクマの形をした倉庫に向かう。そして、倉庫に入りクマボックスから黒虎を取り出す。黒虎はドスンとちょっと大きな音を立てて台の上に乗る。ウルフと違って重量がある。

「ユ、ユナお姉ちゃん!?」

フィナは出てきた黒虎を見て驚きの声をあげる。

やっぱり、驚くよね。

フィナは黒虎とわたしに交互に視線を移す。

「黒虎を倒したんだけど。解体、お願いできる？　もちろんお給金は出すからお願い」

フィナが黒虎をジッと見ている。

「もしかして、できない？」

「ううん。お父さんがウルフもタイガーウルフも、そして、黒虎も同種系統の魔物は解体の仕方は同じって言ってました。だから、解体のやり方は大丈夫だと思います。でも、別の理由で、できないかも」

フィナは黒虎（ブラックタイガー）に触れながら答える。

「ちょっと、試してもいいですか？」

「もちろん、いいよ」

わたしが許可を出すと、フィナはアイテム袋から解体用のナイフを取り出す。そして、黒虎（ブラックタイガー）のお腹にナイフを刺して、ナイフを動かそうとするが動かない。

フィナは「う～う～」と唸（うな）っている。いくら力を入れても切ることができない。フィナは諦（あきら）めたようにナイフから手を離す。

「ユナお姉ちゃん。やっぱり、わたしじゃ無理です」

「もしかして、解体ができない理由って、硬いから？」

確かに戦闘しても皮膚は堅かった。

「はい。わたしが持っているナイフだと、黒虎（ブラックタイガー）の毛皮は硬くて刃が通らないんです」

つまり、フィナの解体技術云々（うんぬん）じゃなくて、もっと切れ味がいいナイフが必要ってことらしい。

「切れるナイフがあればできるんだよね」

「たぶん、タイガーウルフと同じだと思うから」

解体できない理由が分かれば話は早い。解体できないナイフしかないなら、解体できるナイフを用意すればいいだけだ。

「それじゃ、黒虎（ブラックタイガー）を解体できるナイフを買いに行こうか」

「ユナお姉ちゃん。黒虎（ブラックタイガー）が解体できるナイフって、凄（すご）く高くて買えないよ」

首を横に振って無理アピールをするフィナ。

「わたしが買ってあげるから大丈夫だよ。いつも、解体してくれているお礼だよ。ほら、行くよ」

わたしは黒虎（ブラックタイガー）をクマボックスに仕舞（しま）い、フィナの手をクマさんパペットの口で摑（つか）む。そして向かった先は、初めてこの街でナイフと剣を購入した鍛冶屋（かじや）さんだ。お店の中に入ると、少し背が低い女性のネルトさんが出迎えてくれる。この鍛冶屋さんはドワーフの夫婦が経営している。

「いらっしゃい。おや、フィナとクマのお嬢ちゃんじゃないかい。今日はどうしたんだい？」

「今日はフィナの新しい解体用のナイフを買いに来たんだけど」

「フィナのかい？　でも、先日、フィナのナイフは研（と）いだと思うんだけど。壊れたのかい？」

ネルトさんがフィナに向かって尋ねる。

「いえ、その、壊れたりはしてないです」

「それじゃ、どうして新しい解体ナイフが必要なんだい？」

「ちょっと、鉄のナイフだと解体ができない魔物があって、切れ味がいいナイフが欲しいんです」

鉄のナイフだと、解体できないことを伝える。

「いったい、なにを解体するんだい。まさか、ドラゴンでも解体するわけじゃないだろ？」

ネルトさんは冗談っぽく、笑いながら言う。

言っていいのかな？　騒がれないかな？

「言わないと分からないよ。ブラックバイパーを倒す嬢ちゃんだ。今さらだろう」

「一応、内緒にしておいてくださいね」

わたしは念を押してから、黒虎（ブラックタイガー）のことを説明する。

「また、とんでもないものを倒したもんだね。でも、黒虎（ブラックタイガー）かい。それじゃ、鉄のナイフじゃ無理だね。鋼のナイフか、ミスリルぐらい欲しいね」

おお、ミスリル。ファンタジーのレア鉱石といえばミスリルだ。ゲームでもミスリルの剣とかあったな。懐かしい。でも、この世界にもミスリルがあったんだね。

ミスリルがあるなら、購入するナイフはミスリルナイフに決定だね。

「それじゃ、そのミスリルのナイフもらえますか？」

剣もあるのかな？　多少高くてもミスリルの剣もあれば欲しいな。

「ユナお姉ちゃん。ミスリルナイフは高いです。鋼のナイフでも」

フィナがわたしの腕を摑んで揺らす。

「ダメだよ。これからのことを考えたら、ミスリルナイフがあったほうがいいよ」

「ユ、ユナお姉ちゃん。わたしにいったいなにを解体させるつもりなんですか……」

ドラゴンかもしれないし、甲殻系の魔物かもしれない、今後も硬い魔物の解体をお願いするかもしれない。

「すまないね。売ってやりたいけど、悪いね。今はミスリルは在庫を切らしているんだよ」

「ないんですか」

やっぱり、レア素材で手に入りにくいのかな。値段が高くても欲しかったんだけど。

「鋼のナイフでも切れるよ」

「いえ、ミスリルナイフが欲しいです」

わたしはハッキリと言う。

「でも、この街でミスリルナイフを手に入れるのは難しいかもしれないね」

「そうなんですか？」

「希少な鉱石ってこともあるけど。今は全ての鉱石が不足しているんだよ。だから、ミスリル鉱石がいつ手に入るか分からないんだよ」

「ミスリル鉱石だけじゃなくて、全ての鉱石が不足しているの？」

「今は在庫があるから、それほど騒ぎになっていないけど。希少な鉱石から在庫はなくなっている感じだね」

そういえば先日、アンズの店の調理道具を追加で購入したらしいけど、ティルミナさんが値段が上がっているとか言っていた記憶がある。

あまり、気にしていなかったからスルーしていたけど。値段が上がっていたのは、このことが原因だったのかな？

「でも、どうして鉱石が不足しているの？」

戦争をするために鉄とかをかき集める話をたまに聞くけど。でも、この国はどことも戦争していないよね。わたしが知らないだけかもしれないけど。

「なんでも、鉱山で問題が起きて、掘れないと聞いたよ」

「その問題って？」

「そこまでは聞いていないね。商業ギルドなら詳しい情報を持っていると思うけど」

どうしようかな。理由を知ったからといってミスリルのナイフが手に入るわけじゃないし。王都の鍛冶屋さんに行けば売っているかな。

クマの転移門もあるし、ちょっと行ってみようかな。

「ありがとう。ちょっと王都まで行ってみるよ」

「王都かい!?　ああ、クマのお嬢ちゃんにはクマの召喚獣がいたね。それじゃ、ちょっとお待ち」

ネルトさんは一瞬驚くが、自分で答えを導く。ちょっと違うけど、転移門のことは話すことはできないので、そのまま頷いておく。

ネルトさんは奥の部屋に行く。すると、奥の部屋からゴルドさんを叩き起こす声が聞こえてくる。

しばらく、奥の部屋が騒がしくなったと思うと静かになる。なにかあったのかと思っていると、なにもなかったようにネルトさんが戻ってくる。

「お待たせ、これを持ってお行き」

ネルトさんは1通の手紙を渡してくれる。

「これは？」

「王都に行くなら、ガザルという名の男が経営する鍛冶屋さんがあるから行ってみるといいよ。この手紙を渡せば少しは融通してくれるはずだよ」

「ガザルですか」

「わたしらと同郷さ」

つまり、ドワーフですか。

「ただ、向こうも鉱石不足になっている可能性もあるから、期待はしないでおくれよ」

「ううん、ありがとう」

お礼を言って手紙を受け取る。お店を出たわたしは、フィナの頭の上に手を置く。

「それじゃ、今から王都に行こうか」

「今からですか！」

「クマの転移門があるから大丈夫だよ」

「そうですけど」

「なんか、問題でもある？」

「普通、気軽に王都なんて行けないよ」

「まあ、いいじゃない。なんならもう一度、王都見学でもしようか？」

わたしはフィナの手を摑むとクマハウスに戻り、転移門を使って王都にやってくる。

145　クマさん、ミスリルナイフを求めて王都に行く

そんなわけで、ミスリルのナイフを求めてクリモニアから王都にやってきた。といっても、先ほどから数分しかたっていない。クマの転移門に感謝だね。

わたしとフィナはクマハウスを出る。

「王都だ」

クマハウスから出たフィナは、少し嬉しそうにする。わたしは何度も来ているけど、フィナは国王の誕生祭以来だ。

「なんか、変な感じです。さっきまでクリモニアにいたのが信じられないです」

「久しぶりの王都だし、どこか寄っていこうか？」

別に急ぐことでもないので、提案をしてみる。でも、フィナはその提案を断る。

「歩いているだけで楽しいから、大丈夫です」

たしかに、ただ適当に歩くのも、一つの楽しみ方かもしれない。観光地に行けば、その土地の風景を楽しむものだ。

わたしたちは王都の風景を楽しみながらネルトさんに教わった鍛冶屋さんに向かいたい

ところだけど、実は場所が分からない。ネルトさんにお店の場所を聞いたけど、知らないと一言で片付けられた。ただ、商業ギルドに登録してあるはずだから、商業ギルドで聞けば分かると言われた。そんなわけでわたしたちは商業ギルドに向かっている。

　王都のメイン通り。馬車が行き交う大きな道。商業ギルドに行くには、この大きな道を通らないといけない。この大通りに商業ギルドがあるためだ。

　メイン通りということもあって人通りは多い。人が多いってことは、わたしのことを見る者が多いってことになる。そして、相変わらず聞こえてくる声はお馴染みのものだ。

そこのお母さん、お子様に人様に指を差してはいけないと教えてください。

そこの人、人を見て驚くのはやめてください。

そこのあなた、人を見て笑っちゃいけないと教わらなかったの？

そこの人、これ、どこにも売っていないから、服屋に行っても売っていないから。服屋に行かないで。

隣の人も自分の分を頼まないでください。

はい、クマですよ〜。

はい、恥ずかしいですよ。でも、諦めています。

可愛いですか？　ありがとうございます。

抱きしめたい？　やめてください。

他の人に教えに行く？　行かないでください。

見張っておくから行けって？　動物じゃないよ。捕獲するつもりですか？

触りたい？　お触り厳禁です。

聞こえてくる言葉に、心の中で返答する。そんなバカなことをしながら歩いていると、商業ギルドの大きな建物が見えてくる。流石に王都の商業ギルド。大きい建物に比例するように人も多い。人が多いってことはさらに視線はわたしに集まることになる。

でも、ここまで来て入らないわけにはいかない。フィナを連れて商業ギルドに入ろうとした瞬間。

「ユナさん！」

後ろから声をかけられた。誰かと思って振り返ると、息を切らしたシアやマリクス、ティモル、カトレアといった護衛をしたメンバーがいた。

「シア、それにみんなも、どうしてここに？」

走ってきたためか、シアの髪が乱れている。

「それはこっちの台詞ですよ。どうして、フィナちゃんと一緒に王都にいるんですか？」

たしかにそうだ。王都に住んでいる４人がいるのは普通で、わたしが王都にいるほうがおかしい。

フィナは頭を下げて少し緊張ぎみにシアに挨拶をする。前回、仲良くなったとはいえ、貴族と平民だ。やはり、２人の間には少し壁がある。

挨拶をしたあとフィナが困ったようにわたしの後ろに下がる。まあ、シア以外の人は知らないのだからしかたない。

「みんなは元気にしてた?」

「一応」

「ユナさん、お久しぶりですわ」

「ユナさん、久しぶりです」

みんな元気に挨拶を返してくれる。でも、気になることがある。わたしはマリクスに視線を向ける。

「マリクス。その顔の痣どうしたの?」

「ああ、これか」

マリクスは紫色になっている右頬をさする。

「親父に殴られた。みんなを自分勝手な行動で危険な目に晒して、冒険者のユナさんの指示も仰がなかった。貴様は何様のつもりだって」

「それで、殴られたと」

マリクスは頬をさすりながら笑う。

「事実だからしかたないよ。でも、褒められもしたよ。困っている者を見て見ぬふりをしてなにもしないよりも行動するのはいい。でも、自分の実力、仲間の実力、敵の情報、全てを吟味してから行動しろって言われたよ」

そういえば、エレローラさんも同じことを言っていた。

　でも、あれはしかたない。誰も黒虎（ブラックタイガー）が現れるとは思わない。マリクスだって、ゴブリンだから倒せると思って行動した。誰だって黒虎（ブラックタイガー）がいると知っていれば、無謀なことはしなかったはずだ。

「でも、マリクスの顔を見たときは驚いたよ。翌日、学園に来たら顔が腫（は）れているんだもん」

「あれは驚きましたわね。今とは比較にならないほど酷かったですから」

「なにごとかと思ったよ」

　ティモルが学園での出来事を話すとカトレアとシアも同意する。

「それじゃ、今の状態はマシなんだ」

　たしかに、護衛任務をしたときから時間はたっている。なのに、未だに痣が残っているって。どんだけマリクスのお父さんは強く殴りつけたんだ。

　今の状態でも触ったら痛そうだ。

「もう、大丈夫なの？」

「ああ、大丈夫。ちょっと痛いだけだから」

　マリクスは自分の頬を軽くさする。

「よく言うわね。ちょっと触れるだけで、あんなに大騒ぎしていたのに」

「涙目になっていましたわね」

「当たり前だ。殴られた翌日に触られたら痛いに決まっているだろう」

シアとカトレアはそのときのことを思い出して笑っているが、経験はなくても分かる。腫れ上がった顔に触れたら痛い。想像しただけで自分のほっぺたが痛くなってくるよ。でも、人の怪我を見ているだけで、自分まで痛く感じるのはなんでだろう。

「他のみんなは平気だったの？　怒られたりしたの？」

「先生とエレローラ様に怒られましたわ」

「わたしはお母様にユナさんへのフォローがなっていないと叱られました」

「僕はマリクスの行動を止めるのが僕の役目だと、理不尽な怒られ方をされました。僕はマリクスの保護者じゃないのに」

「でも、みんな、殴られていないんだろう。ズルいぞ」

マリクスが拗ねたように言う。それを見て、全員が笑う。

まあ、話の内容からして、マリクスはパーティーリーダーで、みんなの行動に責任を持つ役目がある。そのこともあってお父さんが殴ったんだと思うんだけど。

日本の親みたいに「うちの子に限って」教育じゃないから、しっかり教育しているんだろうな。

これが、「うちの息子の行動は間違ってない。護衛をした冒険者が悪い」とか、言いだされたら、エレローラさんからもらってある貸し券や、国王様の貸し券の出番だった。

「それで、ユナさんとフィナちゃんはどうして、王都にいるんですか？」

「買い物だよ。ちょっと、フィナの解体用のナイフが欲しくて」

「解体用のナイフを買うために、王都まで来たんですか？」

４人が呆(あき)れた表情をする。

まあ、クマの転移門のことを知らなければ、そう思うよね。

「私はいいって言ったのに」

「もしかして、この子が解体するのですか？」

カトレアがフィナを見る。

「フィナは冒険者ギルドで解体のお手伝いをするほど上手なんだよ」

「それは凄いですね」

「でも、わざわざ王都までナイフを買いに来なくても、クリモニアでもナイフぐらい売ってますよね」

「シアたちを護衛したときに黒虎(ブラックタイガー)を倒したでしょう。その黒虎を解体しようとしたら、鉄のナイフじゃ解体できなくて、それで王都にミスリルのナイフを買いに来たんだよ」

「ミスリルのナイフ？」

「ミスリルって高いだろう」

「うん、一般的に最上級のナイフだね」

「わたし、鋼のナイフでもいいって言ったのに」

「これからのことを考えたら、最高のナイフを用意したほうがいいからね」

もしかするとに黒虎(ブラックタイガー)よりも硬く、鋼のナイフでは解体できないかもしれない。

それを考えたら、手に入る最上級のナイフを手に入れたほうが二度手間にはならない。

「それで、ガザルさんってドワーフがやっている鍛冶屋さんがあるって聞いて買いに来たんだよ。でも、場所が分からないから商業ギルドに行くところだったんだよ」

わたしがそう言うと、シアは手をおでこに当てて考え始める。そして、ポンッと手を叩く。

「ああ、わたし知ってますよ」

「シア、知っているの？」

「はい。前に一度行ったことがあります。よかったら案内しますよ」

「ああ、俺も知っている。あのドワーフか。親父が腕のよい鍛冶屋があるって言っていたっけ」

どうやら、マリクスも知っているみたいだ。

「案内をしてくれるのは嬉しいけど、みんなはどこかに行く途中じゃなかったの？」

4人一緒にいるってことは、どこかに行く予定だったはずだ。

「少しぐらいなら、大丈夫ですよ。みんなもいいよね？」

「もちろんですわ」

「僕もいいよ」

「ユナさんにはお世話になったから、それぐらいは」

学生組がそう言ってくれる。わたしはその言葉に甘えることにする。わたしは入る予定だった商業ギルドに視線を向ける。

だって、あの人混みの中には入りたくないもん。

商業ギルドの人の出入りは多い。商業ギルドに入る者、出てくる者。そのたびにわたしに視線が向けられているのは言うまでもない。

146　クマさん、鍛冶屋さんに行く

わたしはシアたちの言葉に甘えて、ガザルさんってドワーフの鍛冶屋さんに案内してもらう。

「それでシアたちは学園の帰り？　でも、まだ早いよね」

シアたちは学生服を着ている。学園が何時に終わるのか分からないけど、まだ、お昼にもなっていない。

「今日の授業は休みになったんです。それで、今から近くの森まで魔物を討伐しに行くところだったんです」

「わたしたち、冒険者ギルドに登録したんです」

「経験を積むためだよ。前みたいなことにはなりたくないから」

前みたいって黒虎？

「頑張っても黒虎は倒せないと思うけど」

「誰もあんな化け物と戦うつもりはないよ。せめて、もう少し強くなって、守れるようになりたいんだよ」

マリクスが力強く言う。

「それで、冒険者ギルド？」

「ああ、でも、親父に許可をもらうのに苦労したよ」

マリクスは父親から冒険者ギルドに登録する許可をもらうのにどんなに苦労したか、話し始める。また殴られそうになったとか、剣で戦わされたとか、戦術を教わったとか。いろいろと大変だったみたいだ。

「苦労したのは僕だよ。マリクスのお父さんは騎士団の隊長だからいいけど、僕の父は財務省で働いているんだよ。その息子の僕がマリクスに誘われたとはいえ、一時的にでも冒険者になるなんてなかなか許されなかったよ」

「それは悪かったって、何度も謝っただろう」

「みんな、苦労したんだね」

「シアは？」

「わたしはお父様に内緒でお母様に許可をもらいました」

クリフ……。娘に相談されないなんて、かわいそうだ。

「でも、依頼は近くの森にいる下級魔物だけという限定条件だけどな」

みんなの話によると、近くの森にいる魔物はウルフやちょっとした獣だけだそうだ。だから、この森は初心者の森と呼ばれて、冒険者ランクF、Eしか入ることが許されていないらしい。これも王都の冒険者を育てるためだという。

たしかに、王都の周りに低ランクの魔物がいなくなったら、初心者冒険者が王都からいなくなり、人材が育たなくなってしまう。冒険者ギルドはちゃんと考えて運営しているんだね。

わたしもクリモニアでウルフを乱獲したら、怒られた記憶がある。初心者冒険者のためにウルフ狩りは自粛してほしいってヘレンさんに頼まれた。あのときはわたしも初心者だったのにそう言われた。まあ、それと同じことなんだろう。

「それじゃ、みんなはランクEになったの？」

「まあ、ランクEぐらいはな」

「凄いね」

まあ、ゴブリンを手こずることもなく倒していたから、そのぐらいの実力はある。

「ユナさんは俺たちよりも年下なのにランクCだろ。褒められてもな……」

今、なんとおっしゃいました？

年下？

どうやら、マリクスは頭だけじゃなくて、目も悪いらしい。この世界に眼科はあるのかな？　早く連れていかないと手遅れになる。

それ以前にギルドカードを見せたよね。年齢は見なかったの？

「たしかにそうですわね。年下のランクCのユナさんに褒められても微妙ですわね」

あれ、目に病気を持っている人がこっちにもいた。

「僕もそう思うけど。冒険者になったばかりなんだから、しかたないよ」

おかしいな。また、目が悪い人が増えた。唯一、わたしの年齢を知っているシアは笑みを浮かべている。

でも、ここはわたしの沽券にかかわるので否定しておかないといけない。

「ちょっといいかな？」

「なんですか？」

「みんな、わたしのことを何歳だと思っているの」

「13歳だろ」

「もしくは14歳でしょう」

「冒険者の規定で考えると13歳ですね。それ以下は無理ですから」

みんなの後ろではシアが一人、笑いを堪えている。

「えーと、どこを見たらわたしが13歳なのかな？」

わたしは胸を張って、体を大きくして見せる。

「まさか、もっと下!?」

「それはあり得ないよ。マリクス。冒険者規定もあるから」

「まさか、ユナさん、年齢を詐称して……」

疑いの目を向ける3人。

「15歳だよ。どっから見ても15歳でしょう」

「「「……」」」

3人がわたしの言葉に固まる。

「えーと、ユナさん。俺らと同い年？」

「そうよ」

「冗談ですわよね」

「分かった。ユナさん、エルフだったんだね」

「れっきとした人間だよ」

この世界の人間じゃないけど。

「シア、おまえ知っていたのか⁉」

「うん。初めて会ったときに聞いたからね」

「それ以前にみんなにはギルドカードを見せたよね」

初めて会ったときに見せているはずだ。

「あのときは職業が気になって」

「ギルドランクが気になって」

「いや、たしか、そのクマの手で見えなかったんですよ」

ティモルがわたしのクマさんパペットを見る。

ああ、たしかに掴(つか)んで見せた記憶がある。そうなると、上部分にある名前と年齢が見えなかったかもしれない。つまり、年齢は見ていなかったと。

「でも、わたくしと同い年ですか。信じられませんわ」

「うん」

わたしは年齢より、ほんの少し小さいだけだよ。本当だよ。


わたしたちは大通りから外れ、住宅街とは違った建物が並ぶ道を進んでいく。工業地帯って感じの建物が並んでいる。まあ、鍛冶屋さんが住宅街の中心にあったら、毎日、鉄を叩く音で迷惑だろう。そう考えると、鍛冶屋さんがこのあたりにあるのも頷ける。

「でも、黒虎の解体か。普通のナイフじゃ、無理なのか?」

「できていたら、王都までミスリルのナイフを買いに来ないよ」

「それはそうですわね。黒虎に簡単に刃物が通れば、倒すのに苦労はしませんわ」

「マリクスもバカなこと言っていないで、少しは勉強をしたほうがいいよ」

「そのぐらい、分かっている。聞いてみただけだ」

2人にバカにされてむくれるマリクス。

「でも、ミスリルか。俺もミスリルの剣が欲しいな」

「マリクスには早いわね」

「早いね」

「僕もそう思うよ」

「なんだよ、みんなして。親父にも同じことを前に言われたけど。でも、いい武器があれば、俺ももう少し」

マリクスは剣を振りかざす真似をする。

「実力がないのを武器のせいにしちゃダメだよ」

とみんなから突っ込みが入る。

そして、わたしたちは工業地帯の一角にある鍛冶屋さんに到着した。

「みんな、ありがとうね。ここまででいいよ。森に行くんでしょう」

わたしの言葉に学生組は顔を見合わせる。わたしについていくか、考えているみたいだ。

「そうだな。時間が取れる日はあまりないんだし、行こうぜ」

リーダーであるマリクスが決める。それに対して、カトレアは微妙な表情になる。

「しかたないですわね。本当はユナさんにクマさんを出してほしかったのですが」

なるほど、カトレアはくまゆるとくまきゅうに会いたかったんだね。でも、それはカトレアだけでなく、シアも同様だったみたいだ。

わたしは鍛冶屋さんまで案内してくれたお礼として、子熊化したくまゆるとくまきゅうを召喚して、2人に撫でさせてあげる。

くまゆるとくまきゅうを撫で回した2人は満足げな顔をして、初心者の森に向かった。

マリクスとティモルが羨ましそうに見ていたのが面白かった。

「それじゃ、わたしたちは中に入ろうか」

「はい」

わたしとフィナは鍛冶屋さんに入る。中は薄暗い。でも、部屋の中には剣や防具も見える。武器専門じゃないんだね。

「あのう、誰かいませんか」

人が見当たらないので声をかけてみる。すると奥から背の低い男性がやってくる。あの身長は間違いなくドワーフだ。

「ガザルさんですか？」

「そうじゃが、おまえさんはなんだ。そんな奇妙な格好をして」

奇妙とか初めて言われたよ。

「わたしの格好は気にしないでください。これを見てもらえますか」

わたしはネルトさんから預かった手紙を渡す。

「…………」

ガザルさんはクマさんパペットに咥(くわ)えられた手紙をジッと見つめている。手紙を見ているか、わたしのクマさんを見ているか分からない。

「えっと、クリモニアの街にいるネルトさんとゴルドさんからの手紙です」

あのときネルトさんは奥に行って、ゴルドさんを叩き起こして書かせたんだよね。ガザルさんはクマさんパペットから手紙を受け取ると、手紙に目を通す。

「話は分かったが無理じゃな。この王都でもミスリル鉱石は不足している」

「王都でもですか？」

やっぱり、王都でも鉱石不足になっているみたいだ。

「一番近い鉱脈から鉱石が採れなくなっている。鉄や他の鉱石ならなんとかなるが、希少価値が高いミスリル鉱石の在庫は少ない上に採れない。あいにく俺の店には在庫はない。ゴルドからの頼みだから、作ってやりたいが、ちょっと無理だな」

王都でも無理なのか。

「でも、どうして鉱山で採れなくなったんですか？」

「なんでも、ゴーレムが洞窟から出てきたそうだ。それで、掘れなくなったと聞いている」

ゴーレム。無機物生物。土や石、あるいは鉄などの鉱石でできた魔物だ。鉱山にゴーレムが現れたから掘れないらしい。

「討伐のほうはどうなっているか、分かりますか？」

「そこまでは知らん。冒険者が討伐に行っていることは聞いているが、討伐できたという話は聞いていない」

そんなに強いのかな？

たしかに鉄のゴーレムとかだったら、面倒かな？

「詳しいことが知りたかったら冒険者ギルドに行くんじゃな。ここは情報屋じゃない」

それはごもっともなことだ。それじゃ、状況確認するには冒険者ギルドに行かないといけないのか。なんか、たらい回しにされている気分だ。

「ユナお姉ちゃん。別に無理して買わなくても」

「ダメだよ。人は欲しいと思ったときに手に入れないと」

本やグッズは欲しいと思ったときに買わないと、あとで買っても満足感は低い。それに手に入れにくいものほど、手に入れたくなる。

うーん。でも、どうしようかな。わたしが欲しいのはミスリルナイフであって、鉱山の情報じゃない。

「えーと、鍛冶屋さんでこんなことを聞くのもあれなんですが、王都にある他の鍛冶屋さんにも、ミスリルはないんですか」

「あるかもしれんが、見ず知らずの者には売らないと思うぞ」

クリモニアでも手に入らない、王都でもダメだ。こうなったら、鉱山まで行かないとダメかな。どっちにしろ、冒険者ギルドに行かないとダメみたいだ。

わたしはガザルさんにお礼を言って店を出た。

147　クマさん、冒険者ギルドに行く

そんなわけで、また商業ギルドがある大通りまで戻ってくる。冒険者ギルドもこの大通りにあるからだ。これなら、初めから冒険者ギルドに行っていればよかったと思うが、結果論だからしかたない。

「えっと、フィナはここで待っている？」

わたしは冒険者ギルドの前に来るとフィナに尋ねる。前回、冒険者ギルドに来たとき、冒険者に絡まれたことを思い出す。フィナみたいな子供にちょっかいを出す冒険者はいないと思うけど。念のためだ。

「大丈夫です。ユナお姉ちゃんと一緒にいます。それに一人でいるほうがちょっと……」

冒険者ギルドの前ということもあって、数組の冒険者がわたしたちを見ている。たしかに、フィナを一人で置いていくほうが不安がある。わたしはフィナを連れて、冒険者ギルドに入ることにした。

まあ、なにがあってもフィナだけは守るけど。

久しぶりに王都の冒険者ギルドに入ると、わたしに視線が集まる。その表情はさまざま

だ。まずはわたしのことを知っている者と知らない者で分かれる。

「あれなんだ？」

「クマが入ってきたぞ」

「もしかして、あれが噂のクマ？」

「なんだ。その噂って」

「おまえ知らないのか」

「噂ほど当てにならないものはないな」

「ガクガク、ブルブル」

「なんで、おまえはあんな可愛いクマに怯えているんだ」

「それは……」

「普通に可愛いクマの格好をした女の子だろ」

「それに、子供？」

「可愛い女の子じゃない」

などと、部屋の椅子に座っている冒険者たちの声が聞こえてくる。前回のことでちょっとは広まっているみたいだ。フィナが不安そうにわたしのクマさんパペットを握ってくる。

「あれが噂のクマか。声をかけてみるか？」

「関わらないほうがいいぞ」

「俺は空を飛びたくない」

「ちょっかいを出すなら一人でやってくれ」

「なんだよ。おまえらまでビビっているのか？」

「おまえ知らないのか、クマ注意を」

「クマ注意？」

「危険だから近づくな」

「空を飛びたかったら、俺は止めない」

クマ注意って、どこの山の立て看板よ。

自分で言うのもあれだけど、クマの着ぐるみの格好をした女の子を危険っておかしいよ。

たしかに前回、わたしに絡んできた冒険者は空を飛んでもらったけど。あれはわたしに喧嘩を吹っかけてきた冒険者が悪い。

「関わらないほうがいいぞ。過去にちょっかいを出した冒険者が殺された」

「たしか、食われたって聞いたぞ」

「違うよ。ミンチにされたんだろ」

「ミンチにしたあと食ったのか」

なんか、変な話になってない？　わたしがしたのは、紐なしバンジーぐらいだよ？

もしかして、クリモニアのときの話が混じっていない？

前にわたしのことをブラッディベアーって呼んだ冒険者がいたよね。そう考えると、デボラネ事件を知っている冒険者が王都にいてもおかしくはない。

あのとき、デボラネのことを顔が腫れるぐらいまで殴ったから、あれがミンチになったことになっているのかもしれない。それとも、紐なしバンジーで潰れたことになっているのかな？

どっちにしろ、風評被害もいいところだ。それに、食べたって。熊じゃあるまいし。食べたりしないよ。

それにしても、クマの着ぐるみを着たわたしが来ただけで騒ぎすぎだ。これじゃ、落ち着いて鉱山の話を聞くこともできない。どうしようかと思っていると、奥の部屋のドアが開き、薄緑色の髪をした女性が出てくる。耳が長いのが特徴だ。

「あんたたち、うるさいわよ。静かにしなさい」

女性は部屋から出てくるなり、冒険者に向かって叫ぶ。彼女は王都の冒険者ギルドのギルドマスターで、エルフのサーニャさん。サーニャさんには国王の誕生祭のときにお世話になった。

それにしても、流石ギルドマスターだ。サーニャさんの言葉でギルド内は静かになる。

「いったい、なんなのよ。こっちは仕事をしているのに。うるさくすると、追い出すわよ」

サーニャさんはギルド内をぐるっと見渡し、わたしのところで視線が止まる。

「ユナちゃん？」

「えっと、お久しぶりです」

とりあえず、挨拶をしておく。

「どうして、ここに？　もしかして仕事に来たの？　そっちの子はユナちゃんと一緒にいた子よね。たしか、フィナちゃん？」

フィナは頭を軽く下げて挨拶をする。

よく、一回しか会っていないのに名前まで覚えているものだ。わたしなら、間違いなく覚えていない。

「そうか、ユナちゃんが来たからギルドが騒ぎになっていたのね」

人を悪の元凶みたいに言わないでほしい。わたしはギルドに入っただけだよ。

まあ、0とは言わない。ほんの少し、わたしの格好で騒がれたかもしれない。でも、今回はなにもしていないんだから、わたし悪くないよね。

「あなたたちもクマの格好をした女の子が入ってきたぐらいで騒がない」

「だけど、ギルマス……」

「そのクマについてはいろいろと噂が」

その噂について、聞きたいような、聞きたくないような。微妙な気持ちだ。

「前回、そのクマの女の子に喧嘩を売った冒険者が、空を飛んだのは本当。優秀な冒険者なことも本当。わたしの知り合いってことも本当よ。だから、彼女が来てもいちいち騒がない。これ、ギルマス命令ね。彼女にちょっかい出したら、わたしより怖い人が出てくるかもしれないわよ。そのときは助けたりはしないわよ」

サーニャさんはギルドマスターらしく、冒険者に言い放つ。でも、ギルドマスターのサーニャさんより怖い人って、誰？　もしかして、国王のことを言っているのかな？　もし本当に国王が出てきたら、大変なことになりそうだ。

「それで、ユナちゃんはどうしたの？　仕事？」

「ちょっと、冒険者ギルドに聞きたいことがあって来たんだけど」

ギルドの中に入ったら、騒ぎになってそれどころではなくなった。わたしは部屋を見渡す。もう、鉱山の話を聞くどころではなくなった。

「はぁ……。話ならわたしが聞くわ。２人とも部屋に来てちょうだい」

サーニャさんはため息を吐(つ)くと、わたしたちを奥にある部屋に案内してくれる。

ギルドマスターの部屋はそれなりに広い。奥の窓際に大きな机が置かれ、左右を見れば壁には資料らしきものが並んでいる本棚がある。部屋の中央にはテーブルがあり、椅子がそれを挟むように置かれている。ちょっとした会議スペースになっているようだ。サーニャさんは奥の自分の椅子には座らずに、中央にある来客用の椅子に座る。サーニャさんはわたしたちを見ると椅子に座るようにすすめる。

「適当に座って」

言われるままにわたしとフィナは適当に椅子に座る。

「それでギルドで聞きたいことってなに？」

わたしはこれまでの経緯を話し、冒険者ギルドに来た理由を説明した。

「黒虎(ブラックタイガー)を解体するために、ミスリルのナイフをねぇ」

サーニャさんは呆れたようにわたしを見る。

「そんな魔物を倒していたのね。でも、たしかに黒虎を解体するなら、普通のナイフではできないわね。それでミスリルナイフを求めてフィナちゃんと王都まで、わざわざ来たと」

このことを話すとみんなに同じ感想を持たれるね。クマの転移門で一瞬で来たなんて、誰も思わないからしかたないけど。

「それで、鍛冶屋さんで鉱山にゴーレムが出たって聞いたんだけど」

「そのとおりよ。鉱山からゴーレムが現れたのよ。坑夫の証言によれば穴を掘り進めていたら、大きな空洞を掘り当てたんだけど、そこの空洞には1体のゴーレムがいて、襲ってきたそうよ。坑夫は慌てて命からがら逃げたから無事だったけど」

「それじゃ、そのゴーレムが鉱山で暴れているわけ？」

1体だけなら普通に冒険者が倒しそうなものだけど。もしくは道を埋めて封鎖するとか、いろいろと対処方法があるんじゃないのかな。

「そうね。鉱山に入る者を襲ってくるわ。せめてもの救いは、ゴーレムが外に出てこないことかしら」

なにか、ダンジョンゲームみたいだ。ダンジョン系もなぜか、魔物は外には出てこないんだよね。

それとも、なにかを守っているのかな？　ゴーレムはよく守護者としてゲームや小説に出てくる。

「冒険者が討伐には行っていないの？」

「すでに、何人かの冒険者が討伐に向かっているわよ。ただ……」

サーニャさんは少し言いづらそうにしている。

「厄介みたいなの。どうやら、ゴーレムは1体だけじゃないらしくて」

「何体もいるの？」

「すでに、数体倒している報告を受けているわ。現状だと、鉱山の中にどれだけのゴーレムがいるか、把握できていないの」

ゴーレムの無限湧きかな？　これがゲームなら経験値稼ぎだって喜ぶところだけど、現実で起きると厄介でしかない。まして、そこで生活をしている人にとっては迷惑な話だ。

「そのうえ奥に進むとアイアンゴーレムが出てくるから、討伐が遅れているみたいなの」

アイアンゴーレムか。洞窟の中では戦うのが面倒かな。

洞窟の中だから、火属性魔法は使えないし、物理の土魔法でどこまでダメージを与えることができるか分からないし、風魔法で鉄を切り裂くことができるかどうかも分からない。水は論外だし、氷も土魔法と同じだし。こうなると鉄を切り裂くミスリルの剣が欲しい。でも、ミスリルの武器を手に入れるにはそのゴーレムを倒さないといけない。堂々巡りだね。

「ちなみに、鉱山に行けばミスリルの鉱石って手に入るの？」

わたしの目的はミスリルの鉱石の情報であって、ゴーレムの情報ではない。

「うーん、どうかしら。そのへんの管轄は商業ギルドになるからね」

今度は商業ギルド……。ますますたらい回しにされている気分になってくる。

なんだろう。だんだん面倒になってきた。これは、しばらくは諦(あきら)めたほうがいいかな？　黒虎(ブラックタイガー)の解体もそんなに急いでいるわけじゃないし。それにわたしにはクマの転移門があるから、いつでも王都に来ることはできるし、ゴーレム討伐が終わったころに来るのが一番かな。

王都まで来て、手に入らなかったのは残念だけど。今回はしかたない。

「フィナ、今回は諦めて、王都見物をして帰ろうか」

わたしはそう結論に達する。そして、椅子から立ち上がった瞬間にドアがノックされる。

「どうぞ」

サーニャさんがドアの外に返事をする。部屋に入ってきたのは、わたしが知っている人物だ。

「あれ、ユナちゃんとフィナちゃん？」

「エレローラさん!?」

部屋に入ってきたのはノアとシアの母親であるエレローラさんだった。

148 クマさん、ゴーレム討伐を頼まれる

「どうして、2人がここに？」

エレローラさんが驚いた表情で、わたしとフィナを見る。

でも、それはこっちの台詞（せりふ）でもある。

「エレローラさんも、どうして冒険者ギルドに？」

「わたしはサーニャに用があるからよ」

「わたしは冒険者ギルドに聞きたいことがあって」

エレローラさんはこちらにやってくるとフィナの隣の椅子に座る。フィナはわたしとエレローラさんに挟まれる感じになる。

「フィナちゃん。元気にしていた？」

「はい」

フィナは少し緊張ぎみに返事をする。

「ノアは元気にしているかしら」

「はい、先日も一緒に遊びました」

たまに2人は一緒にいるところを見かけることがある。時折、2人はクマハウスに来て、くまゆるとくまきゅうと遊んだりしている。わたしから見ても仲良くしているように見える。

「これからも、あの子のことお願いね」

「はい」

フィナは笑顔で頷く。

「それで、エレローラ様、今日はどのようなご用件で」

やってきたエレローラさんにサーニャさんが尋ねる。

「例の件はどうなっているのかなと思って」

「例の件……鉱山のことですか？」

「ええ、鉱山をこのままにしておくのは国としても困るから、兵を出して対処しようと考えているのだけれど」

「一応、ランクCの冒険者が対処に向かっています」

「人数は？」

「2パーティーで、4人と5人のパーティーです」

「う～ん。それじゃ、しばらくは様子見かしら。それで無理ならこちらで対処させてもらうわね」

そんなに問題なら兵士でも騎士でも魔法使いでも国から出せばいいのに。そうすれば早く解決して、わたしもミスリルが手に入るんだけど。

2人にそう言うと、教えてもらえた。基本、魔物が現れた場合は冒険者ギルドの仕事になるらしい。国の兵士が討伐してしまうと、冒険者の仕事がなくなってしまうため、緊急でないかぎり国は動かないらしい。

そのことは冒険者ギルドと国の暗黙の了解で決まっているとのこと。

だから、今回のゴーレムの件も、まずは冒険者ギルドが討伐をしないといけない。ダメなら国が動くことになる。面倒な関係だけど、仕組み的にしかたないらしい。

それに本当の有事のときに国に兵士がいなかったら困ることになる。

「それで、ユナちゃんはどうしてここに？」

今度はわたしが、何度目か分からないが、ここにいる理由を説明する。

「ミスリルね」

エレローラさんが含みのある笑顔をわたしに向ける。嫌な予感がする。

「それなら、ユナちゃん。ミスリル欲しいなら、お願い聞いてくれない？　ミスリルが手に入ったら優先的に回してあげるから」

「お願いってゴーレム討伐？」

話の流れ的にこれしか思いつかない。

「ええ、ランクCのパーティーが行っているから大丈夫だと思うけど。できればユナちゃんぐらい強い冒険者にお願いをしたいの」

「ミスリルは欲しいけど、別にわたしじゃなくても、他の高ランク冒険者に頼めば」

まだ、ランクB以上の冒険者って見たことがないけど、王都ならいるでしょう？

「頼むのはちょっと難しいのよ」

「…………？」

わたしは首を傾げる。頼めないって、意味が分からない。

「まず、無理な理由は、高ランク冒険者は放浪癖がある人が多いの。未開の土地に行ったり、強い魔物を探したりして、いつ帰ってくるか分からないし、居場所も把握できないの。魔法使いは魔法の研究で引きこもって、出てこないし。なにより高ランク冒険者は変人が多いから、頼むのが大変なの」

エレローラさんの変人って言葉にエレローラさんとサーニャさんが、同時にわたしに視線を向ける。

どうして、２人ともわたしを見るかな？　いや、視線はもう一つあった。横でわたしを見ているフィナがいた。どうして、フィナもわたしを見るかな？　わたし、悲しくなるよ。わたし、変人さんじゃないよ。クマさんだよ。

「まあ、あと高ランク冒険者の数が少ないって理由もあるけど」

だから、今まで高ランク冒険者に会ったことがなかったわけだ。もっとも、高ランク冒険者に会えるほど、冒険者ギルドには行っていないし、冒険者に尋ねたりもしていないから、わたしが知らないだけかもしれないけど。

「それにいたとしても、高ランク冒険者はお金も持っているから、仕事をなかなか引き受けてくれないの」

話を聞いていると、わたしにも当てはまる部分が多い。

わたしもお金はあるから、基本的に働きたくない。世界を見てみたい気持ちも分かるから、冒険もしたい。新しい魔法の研究も面白そうだ。自分から強いものを求めたりはしないけど、クマ装備がどこまで強いか確かめたい気持ちもある。そう考えると、わたしも高ランク冒険者たちの気持ちが理解できる。

あくまで考え方であって、わたしが変人ってわけじゃないよ。

「だから、ユナちゃん。引き受けてくれないかしら？」

ミスリルは欲しいから受けてもいいんだけど。難点はゴーレムが洞窟(どうくつ)の中にいるってことなんだよね。

普通の土や岩でできたゴーレムなら問題はないけど、鉄でできたアイアンゴーレムが倒せるかどうか分からない。わたしが悩んでいると、くいくいとクマ服を引っ張られていることに気づく。

「フィナ？」

わたしがフィナを見ると、小さく首を振っている姿がある。

「ユナお姉ちゃん、危ないよ。わたし、ミスリルナイフはいらないから危険なことはしないで。それに黒虎(ブラックタイガー)の解体ならギルドに頼めばいいと思う」

いらないと言われると、無理にでもあげたくなる人の心情はなんだろう。それに今後のことを考えるとミスリルは必要になりそうだし。

「大丈夫だよ。わたしが強いのは知っているでしょう」

わたしはポンとフィナの頭の上にクマさんパペットを置く。

「その依頼引き受けるよ」

「ユナちゃん、ありがとう。助かるわ。それじゃ、その間、フィナちゃんのことはわたしの家で預かるわね」

「「えっ」」

エレローラさんの言葉にわたしとフィナの驚きの声がハモる。

「まさか、連れていくつもりだったの？」

エレローラさんは隣にいるフィナを抱きしめて、驚いたように聞いてくる。連れていくつもりはなかったけど、流石にクマの転移門でクリモニアに帰しますとは言えない。だから、わたしは「お願いします」と返事をしてしまった。

「ユナお姉ちゃん!?」

わたしの言葉にフィナは驚いた表情をする。だって、クマの転移門のことは話せないし、連れていくわけにもいかない。だからといって、一人で王都にいさせるわけにもいかない。選択肢がないのだ。

「すぐに戻ってくるよ」

「でも、お母さんが」

「大丈夫」

ちょっと、一度クリモニアに戻って、ティルミナさんにフィナの貸し出し許可をお願いすればいいだけだ。断られたら困るけど、お願いをすればなんとかなるはずだ。

それからわたしは家に荷物があると言って、フィナとクマハウスに戻り、クマの転移門を使ってクリモニアに転移し、ティルミナさんに数日間のフィナの貸し出し許可をお願いする。ティルミナさんから快く承諾がもらえて安心する。そして、クマの転移門で王都に戻り、フィナをエレローラさんに預けるという、面倒な行動をするはめになった。

「うぅ、なんでこんなことに……」

フィナは貴族のエレローラさんのお屋敷に泊まることになって、悲しい顔をしていた。

「ふふ、フィナちゃんに似合いそうな服があるのよね」

「あまり、フィナをいじめないでくださいね」

「そんなことしないわよ。ユナちゃんが仕事をしている間、一生懸命にフィナちゃんの面倒を見るだけよ。それにクリモニアではノアと仲良くしてもらっているようだし。お礼しないといけないし」

「別にお礼は……わたしがノア様にはお世話になって」

「ダメよ。フィナちゃんの家族にお礼が言えないんだから、フィナちゃんには受け取ってもらわないと」

「ユナお姉ちゃん……」

そんな、困った顔で見られても困る。

「早く、戻ってくるよ」

「うぅ、ユナお姉ちゃん。早く帰ってきてね」

帰ってくるまでに、フィナの精神が壊れないことを祈ろう。早く帰ってくるから待っていてね。

わたしは捕らわれの姫(フィナ)を救い出すため、一人鉱山に向かうことになった。

なんか、目的が変わったような気がするが、気にしないで鉱山に向けて出発する。

番外編① クマさん、ミルとくまパンを作る その1

わたしの名前はミル。12歳の女の子です。ユナお姉ちゃんが作ったパン屋さんで働いています。

ユナお姉ちゃんが孤児院にやってきて、かなりの時間が過ぎました。ユナお姉ちゃんはわたしたちに鳥のお世話をするお仕事と、温かい食事や服、部屋を与えてくれました。さらに、パン屋さんを開くから、お手伝いをしてほしいとユナお姉ちゃんは言いました。

できれば、文字の読み書きや数字の計算ができる子がいいそうです。わたしはどっちもできます。なにより料理が好きな子がいいそうです。わたしは手を挙げました。

「わたし、やりたいです」

あっと言う間にメンバーが決まり、わたしを含めた6人がパン屋さんで働くことになりました。まずは、パン作りを教えてくれるモリンさんって女性と、娘のカリンお姉ちゃんの2人を紹介されました。

モリンさんは厳しいけど、とっても優しい人です。カリンお姉ちゃんはとっても明るいお姉ちゃんです。カリンお姉ちゃんはパンの作り方も教えてくれますが、お客様への接客の仕方、挨拶の仕方、お金の扱い方、清掃の仕方など仕事に必要なことを教えてくれます。ちゃんと覚えないと大変なことになるそうです。挨拶をちゃんとしないと、お客様を不愉快にさせることになります。パンの代金を間違えたら誰かに損をさせてしまいます。お店が汚かったら、お客様が来てくれなくなります。お店に大切なことをカリンお姉ちゃんからいろいろと教わりました。その横ではモリンさんが笑っていました。どうしてでしょうか？

お店が開店しました。凄い勢いでプリンやパン、ピザの注文が入ります。大変です。カリンお姉ちゃんがわたしたちに指示を出してくれるから、混乱せずに仕事ができます。もし、カリンお姉ちゃんがいなかったら大変なことになりそうです。

「走っているクマさんのテーブル拭いて」

「はい！」

「寝ているクマさんのテーブルを片づけて」

どのテーブルかすぐに把握するために、カリンお姉ちゃんがテーブルの上に飾られているクマさんで指示を出します。わたしたちも、すぐに動きます。

どのテーブルに、どのクマさんがいるか、全部覚えています。お昼時が一番大変ですが、お昼時を過ぎると落ち着きます。

わたしたちが作ったパンやプリンがこんなに売れると嬉しくなります。卵から作ったプリンは特に大人気です。ちょっと？　かなり？　値段が高いような気がするけど。ティルミナさんは、適正価格だと言います。こんなにお金が入ってくると不安になります。今までにこんな大金は見たことがありません。

ティルミナさんが言うにはこのお金が、わたしたちの孤児院を運営するお金になるそうです。温かい食事、暖かい服になります。ユナお姉ちゃんが来る前の状況には戻りたくありません。だから、わたしは一生懸命に働きます。

お店で働くときはクマさんの格好をすることになっています。とっても、可愛らしい格好です。ユナお姉ちゃんに似ているので少し嬉しいです。でも、カリンお姉ちゃんは恥ずかしいから、着ないそうです。

このクマさんの格好は、お客様に人気があります。よくお客様から、可愛いねって言われます。ちょっと恥ずかしいけど嬉しいです。

今日の仕事は終わり、明日はお休みです。

6日仕事をしたら1日休みになります。体を休めるのも大切だそうです。お休みのときは自由です。孤児院の仕事を手伝ったり、いろいろとします。今回は作りたいパンがあるので、お店に行きます。

お店に行くと、カリンお姉ちゃんがパンを作っていました。休みのときは、カリンお姉ちゃんが孤児院のパンを焼いてくれます。練習になるそうです。

「ミルちゃん。どうしたの？」

「ちょっと、作りたいパンがあって」

先日、孤児院にわたしが作ったパンを持って帰りました。余ったパンや練習したパンは、孤児院のみんなで食べるようになっています。そのとき、孤児院の小さい女の子が言ったんです。

「くまさんのパンはないの？」

一瞬なにを言っているか分かりませんでした。話を聞くと、クマの形をしたパンのことです。まだ、小さいので、「くまさんの憩いの店」の名前とパン屋さんが一緒になって、クマのパンになったみたいです。

それで、わたしはクマさんのパンを作るためにお店にやってきました。

クマさんの制服を着ると、パンを作る準備をします。

まずはパン生地を捏ねます。そして、クマさんの形を作ります。ここがこうなって、足を作って、手を作って、丸い尻尾をつける。顔がうまく作れません。そもそも、クマさんっぽくないです。動物には見えるけどクマさんには見えない。

わたしは店内にあるクマさんの置物を見に行きます。

とっても、可愛らしいクマさんたちです。ユナお姉ちゃんが言うには、このように怖いものを可愛くすることをデフォルメっていうらしいです。どうやったら、こんなに可愛く作れるのでしょうか？

わたしはクマさんをよく観察して、店内のテーブルの上で、クマさんのパンを作ります。でも、いくらマネをしても上手には作れません。

わたしがクマさんのパン作りに苦戦をしていると、誰かが声をかけてきました。

「ミル。なにをしているの？」

顔を上げて見ると、ユナお姉ちゃんでした。

わたしが素直に答えると、ユナお姉ちゃんがわたしの手元を見ます。ちょっと恥ずかしいです。

「このクマさんをマネして、クマさんのパンを作っていました」

「クマ？」

ユナお姉ちゃんが不思議そうな顔をします。

「孤児院でクマさんのパンが食べたいって言われて、作ろうとしたんですが。ユナお姉ちゃんが作ったクマさんみたいに上手に作れなくて」

わたしが話すと、ユナお姉ちゃんはわたしが作ったクマさんのパンを見ます。全然似ていないので恥ずかしいです。

「その、あまり、見ないでください」

「立体は難しいかな？」

「はい、難しいです。とくに顔ができなくて」

他の部分も出来は悪いですが、特に顔が酷いです。ユナお姉ちゃんを見ると、考え込んでいます。凄く悩んでいます。そんなにわたしのクマさんのパンが酷かったから、悩んでいるのでしょうか？

「これって、お店に出すんじゃないよね？」

「はい、孤児院の子供たちに食べさせてあげようと思って」

「本当だよね？」

何度も確認をしてきます。わたしは頷きます。よく分かりませんが、ユナお姉ちゃんは決意したような顔をします。

「ちょっと、パン生地をもらっていいかな？」

「はい」

わたしが少し手渡すと、ユナお姉ちゃんは2色のパン生地を軽く別々に捏ね始めます。白いパン生地はくまきゅうちゃんと、茶色のパン生地はくまゆるちゃんと似るかと思って用意したものです。ユナお姉ちゃんはその茶色のパン生地のほうをボールのように丸くして、最後に軽く押しつけるように潰すと円形の生地ができます。その円形に新しい小さな生地をつけたり、白いパン生地を付け足したり、パンの形を作っていきます。

ここまでできあがれば、わたしにも分かります。

「クマさんの顔です」

ユナお姉ちゃんの手がクマさんの顔を作り上げました。まるで、ユナお姉ちゃんの手はモリンさんの魔法の手みたいです。

「これで焼けば完成だよ。クマの全身を作るより、顔だけのほうが簡単でしょう」

顔を見ただけでクマさんと分かります。それに簡単そうです。わたしにも作れそうです。

「わたしも作ってみていいですか？」

「いいよ」

わたしはユナお姉ちゃんのマネをしてパン生地を捏ねます。２つの生地を使ってクマさんの顔を作っていきます。ちょっと、ユナお姉ちゃんのと違うような気がしますが、簡単にクマさんの顔を作ることができました。

「それじゃ、焼いてみようか？」

「はい！」

カリンお姉ちゃんがパンを焼いている石窯を借ります。

「なにを作ったの？」

「焼けてからの秘密です」

わたしは焼き上がるのが楽しみで、石窯の前で待ちます。熱いけど我慢します。

パンが焼けてくるのが分かります。

パンを石窯から取り出すと、クマさんの顔をしたパンができ上がります。カリンお姉ちゃんが覗き込んできます。

「クマのパンだね。上手だね。でも、右のほうがうまいかな」

「右はユナお姉ちゃんが作ったんです。左はわたしです」

「練習すれば、ミルも上手になるよ。誰だって初めからできる人はいないよ」

ユナお姉ちゃんを見ていると、なんでもできるように見えます。ユナお姉ちゃんができないことってあるんでしょうか？

わたし、ユナお姉ちゃんみたいになりたいな。

「それじゃ、味見してみようか」

「はい」

普通のパンと変わりないけど、なにかもったいない気分になります。でも、ユナお姉ちゃんは気にした様子もなく、クマさんの耳を千切って食べます。

なにか、かわいそうです。

「わたしもいい？」

カリンお姉ちゃんもユナお姉ちゃんが持つクマさんを千切って食べます。

「ちゃんと焼けているね」

「中になにか入れても美味しいよ」

たしかに中になにかを入れても美味しそうです。

手に持って食べようとしないわたしに尋ねてきます。

「ミルは食べないの？」

「ちょっと、もったいなくて」

「その気持ちは分かるけど、食べないほうがもったいないよ。それに味見ぐらいはしないと」

そうです。美味しくできたか確認しないといけないです。わたしもクマさんの耳を千切って食べます。美味しいです。でも、クマさんの耳がなくなってしまいました。

悲しいけど美味しいです。

それから、カリンお姉ちゃんも加わり、クマさんのパンの中に入れる具材を考えたり、味をどうするかを考えたりして、いろいろなくまパンを作りました。ちょっと、失敗もあったけど、どれも美味しいくまパンになりました。これなら、喜んでもらえるかな。

そして、孤児院に持って帰ってあげました。小さな子たちは小さな手でくまパンを持ちます。でも大きくて食べにくそうだったので、くまパンを目の前で半分にしたら、泣かれました。

「くまさんが」

みんな泣きます。わたしは一生懸命に謝りました。試食のときに半分にしていたので、そのときの癖が残っていたみたいです。わたしも初めてのくまパンのときはかわいそうって思っていたのに、何度も試食しているうちに忘れていました。

わたしは新しいくまパンを出してあげました。子供たちはいつまでも大切そうにしてくれましたが、食べないといけません。小さな子たちは「クマさん、ごめんね」と謝りながら食べていました。

その数日後、お店にくまパンが並ぶことになりました。それを見たユナお姉ちゃんは微妙な顔になっていました。どうしてなのかな？

番外編② クマさん、ミルとくまパンを作る その2

「くまさんの憩いの店」の近くにやってくる。今日は定休日だからお店はやっていない。でも、お店の裏手に来ると焼きたてのパンの匂いが漂ってくる。

誰かパンを焼いているのかな？

少しお腹も空いているし、食べさせてもらおうかな。

わたしが裏口から厨房に入ると、カリンさんがパンを焼いていた。カリンさんは休みにパン作りの練習をしていることがある。作ったら、孤児院の子供たちの感想が聞けるから、助かるそうだ。

「カリンさん、おはよう。パンもらってもいい？」

「ユナちゃん？　好きなだけいいよ」

わたしはカリンさんが焼いたパンに手を伸ばして、口に入れる。うん、美味しい。さすがモリンさんの娘さんだ。

「カリンさん、一人？」

「お母さんは出かけているから、わたし一人だよ。ああ、でもミルちゃんが来ているよ」

「ミルが？」

ミルはこの店で働く孤児院の女の子だ。

「うん、なにか作りたいって言って、フロアのほうに行ったよ」

わたしは気になったので、フロアを見に行く。すると、ミルが「できないな」「むずかしい」と口にしている。

「ミル、なにをしているの？」

わたしが尋ねると、パンを作っていると言う。ミルの手元を見ると、動物のような形をしたパンがある。

なんでも、わたしがテーブルの上に飾っているねんどろいど風のクマさんの置物をお手本に、パンを作ろうとしていたらしい。

理由を聞くと、孤児院の子供にクマさんのパンが食べたいと言われ。それで、ミルはわたしが作ったクマをマネしてパンを作ろうとしていたらしい。

でも、顔が難しく、できなくて困っているみたいだ。

助けてあげたいけど、クマの形のパンを作っているところが問題だ。どうしてクマなのか問いたいけど、答えは分かっている。わたしの影響だろう。

「これって、お店に出すんじゃないよね？」

「はい、孤児院の子供たちに食べさせてあげようと思って」

「本当だよね？」

わたしは再度確認をする。ミルは孤児院に持っていくと言う。お店で出すためじゃないらしい。それなら、作ってあげてもいいかな。わたしはミルから色違いのパン生地をもらう。そして、クマさんの顔を作り上げる。全身が難しければ、顔だけにすればいい。元の世界で見かけるクマのパンは顔だけのもののほうが多い。

こんな感じでいいかな。我ながら、上手に作れたと思う。ミルはわたしが作ったクマのパンを見て喜ぶ。

ちょっと、顔が歪んでいる感じもするが、初めて作ったんなら、こんなもんだろう。十分にクマに見える。

「ユナお姉ちゃん凄いです。クマさんの顔です」

ちゃんとミルにもクマさんの顔に見えるみたいだ。ミルがマネをしたいと言う。ミルは小さな手でわたしが作ったクマのパンを参考にしながら、作っていく。

「できました」

ちゃんとクマさんの顔になっている。

「それじゃ、焼いてみようか?」

わたしとミルは、作ったクマのパンを焼くために厨房に戻る。そして、カリンさんから石窯を借りて、クマのパンを焼く。ミルは窯の前から離れようとはしない。

「ユナさん、なにを作ったんですか」

「でき上がってからのお楽しみかな?」

ミルが楽しみにしているのに、わたしが教えるわけにはいかない。

「ユナお姉ちゃん。焼けました」

ミルが嬉しそうに焼けたクマのパンを持ってくる。ちゃんと、クマさんの顔に焼けている。焼き色の加減もいい感じだ。カリンさんが横から覗き込んでくる。

「クマのパンだね。上手だね。でも、右のほうがうまいかな」

「右はユナさんが作ったんです。左はわたしです」

ミルが恥ずかしそうに答える。

「練習すれば、ミルも上手になるよ。誰だって初めからできる人はいないよ」

カリンさんがミルを励ます。くまパンの味見をしたあと、くまパン作りにカリンさんも加わり、孤児院の子供たちのためにいろいろなクマのパンを作り、ミルは孤児院に持っていった。

喜んでもらえると嬉しいな。

翌日、ミルから子供たちの反応を聞いたら、微妙な顔をしていた。なんでかな？

それからさらにしばらくして、くまパンがお店で販売されるようになった。

なぜ、そうなった。

番外編③　クマさん、新人冒険者の練習に付き添う

今日は新人冒険者のホルンとの約束がある。昨日、「くまさんの憩いの店」でホルンに会い、魔法を見てほしいと頼まれたのだ。わたしはホルンがちゃんと練習して、上達してるか気になったので、そのお願いを引き受けた。

会う約束をした場所は、前回、魔法の練習をした場所。あの場所なら、周りになにもないから迷惑になることはない。

約束の場所に到着すると、ホルンの隣にもう一人いる。

えっと、男の子だ。たしかホルンと同じパーティーのジンだったかな？

「ほら、来たよ。シン君」

ジンでなくシンだったみたいだ。ニアピンだから、正解ってことにしておこう。でも、なんでいるんだろう。もしかして、わたしがホルンをいじめているとでも思って、心配で来たのかもしれない。なんでも、わたしのことをブラッディベアーとか、近寄ると危険とか他の冒険者から聞かされていたらしい。もし、それを信じているなら、心配するのもしかたないかもしれない。

「ユナさん。来てくれてありがとうございます」

「約束だからね。それで、そっちの男の子は？　ホルンの仲間の男の子だよね」

「ほら、シン君」

ホルンがシンの背中を押す。

「その、俺も見学してもいいか？」

少し、遠慮がちに尋ねてくる。

「魔法の？」

「ああ、ホルンが魔法を使うのが上手になったから、どんなふうに教えてもらっているのかと思って。もし秘密だったら、俺は帰るけど」

「別にいいよ。大したこと教えていないし」

魔法の先生がどうやって教えているか、わたしは知らないし、教え方が合っているかも分からない。わたしは自己流に魔法を教えているだけだ。


わたしは、少し離れた位置に土魔法で強度の高めの1ｍほどの小山を作る。そして、ホルンのところに戻ってくる。

「それじゃ、ちゃんと上達しているか確認するから、あの土の山に向かって魔法を使ってみて」

「はい」

ホルンは土魔法を使う。ホルンの前に野球ボールほどの大きさの土の塊が出現する。ホルンはそれを高速回転させると、土の山に当てる。土の塊は土の山にめり込む。回転している跡も分かる。

それを見る限りだと、練習はしていたみたいだ。ちゃんと威力が上がっている。

「ユナさんのおかげで、みんなの足を引っ張ることもなくなったんですよ」

今にも飛び跳ねる感じに嬉しそうに言う。

「それじゃ、今日は応用を教えるよ。これができるようになれば、ある程度の魔物なら倒せると思うよ」

「本当ですか？」

「うん、難しいけどね」

わたしは細い土の棒を作り上げる。先は尖っている。矢というよりも、槍を細く、短くした感じだ。わたしはその短い槍を高速で回転させる。そして放つと、土の小山を突き抜けて、小さな穴ができる。

「すげえ」

「凄いです」

「それじゃ、やってみて」

「はい」

ホルンは土の山の前に立つ。そして、構える。

「まずは、細い棒を作る。そして、先を矢のように尖らせて」

　ホルンは細い土の棒を作り出し、先端を尖らせる。

「そして、回転をさせて、放つ」

「はい」

　ホルンは作り出した土の槍を回転させる。そして、土の小山に向けて放つ。細い土の槍は土の小山に命中するが、土の槍のほうが砕け散る。

「強度が低いよ。初めに作ったボールほどの強度は作らないと駄目だよ」

「ボールなら中心に向けて、土を握るイメージができるんですが、棒だと細いと硬くするイメージができなくて」

「そのあたりは練習だね。これができるようになって、急所に当てることができれば、かなりの戦力アップになるよ」

「オークの足止めもできますか？」

「オーク？」

「俺たち、この前ベアートンネル周辺の討伐に参加したんだよ。そのときにオークに襲われて、死にかけたんだ」

「だ、大丈夫だったの？」

　日本では、死は身近ではなかったから、死にかけたと聞くと心配になる。

「はい。危ないところをルリーナさんとギルさんって冒険者が助けてくれたんです」

「ギルさん、格好よかった」

ルリーナさんとギルに助けてもらったんだ。そういえば、ルリーナさん、ベアートンネルの魔物の討伐に参加したって言ってたっけ。

「ユナさんはルリーナさんとお知り合いなんですよね」

「一応、冒険者だからね」

デボラネに襲われて、ルリーナさんと一緒に依頼を受けたり、お店の護衛を頼んだりした。だから、ちょっとした仲と言えなくもない。

「オークを倒すことができれば。ううん、あのときオークを足止めさえできていれば、逃げることができたと思うんです」

わたしだとオーク程度だと一撃で倒しちゃうから、いまいちオークの強さって分からないんだよね。そもそも、わたしがホルンと同じ魔法を使っても比べることができない。わたしとホルンとでは魔力量が違う。魔法に込める魔力量によって、同じ魔法でも威力は変わってくる。

「そうだね。それはホルンしだいだと思うよ。練習しなければ今のままだし、だからといって練習したからオークを倒せるようになるかは分からない。でも、なにもしなければできないままだよ」

わたしにはそれ以外に答えることができない。実際にやってみないと分からない。できると言ってできなかったら、大変なことになる。だから、適当なことは言えない。

でも、ホルンはわたしの言葉にやる気になったみたいだ。

ホルンは一生懸命に練習を始める。魔法を唱えては土の小山に向けて何度も放つ。

「今はゆっくりでいいから、強度、回転の速さ、込める魔力の量、一つずつに気をつけて魔法を使って」

「はい」

ホルンは深呼吸すると、ゆっくりと魔法を唱え始める。

「なあ、なんでこんなに簡単に教えてくれるんだ？　俺たちなにもお礼はできないぞ」

ホルンの練習を少し離れた場所から見ていると、シンが話しかけてくる。

「別にお礼が欲しくて教えているんじゃないよ」

「それじゃ、なんで教えてくれるんだ」

「ホルンって女の子を知っちゃったからね。もし、わたしが教えるのを渋ってホルンが死んだら、自分が許せなくなると思う。あのとき教えておけばよかったって、後悔するのは分かっているから」

「俺たち知り合ったばかりだよな」

「そうだね。もし、ホルンがわたしのことをバカにしたり、性格が悪い子なら、わたしは教えなかったと思う。死んだとしても、気にしなかった。でも、ホルンはいい子だからね。死んでほしくないよ」

わたしはホルンって女の子と知り合って、会話をした。彼女に死んでほしくない気持ちがある。だから、教えている。

「……その、ホルンに魔法を教えてくれて、ありがとうな」

シンは照れるようにお礼を言う。

「でも、あなたも頑張らないとホルンの足手まといになるよ」

ホルンは初めて出会った頃より成長している。どこまで強くなれるか分からないけど、周りが足手まといになる可能性もある。

「分かってるよ。こないだギルさんにいろいろと教わったから特訓中だ」

「そうなの？」

わたしは興味があったので、ギルにどんなことを教わったのか尋ねてみた。

「…………」

筋力をつけろ。持久力をつけろ、相手を見ろ。技術は経験から得ろ。それでも勝てないなら、仲間を頼れか。基本的に正しいことを教えているみたいだ。

「だから、走ったり、剣を振ったりして、持久力や筋力をつけている」

「それじゃ、ちょっとわたしと試合をしてみようか？」

ホルンの練習風景を見ているだけでは暇だ。ホルンが生き残り、怪我をしないようにするには周りも強くならないといけない。だから、シンの実力が気になった。

「ユナさんと試合？　ユナさんは魔法使いだろう」

「わたしは剣も使えるよ」

わたしはクマボックスから木の幹を取り出す。それを適当な大きさに割り、1mほどの長さの木の棒を作りだす。そのうちの2本に風魔法を巻きつかせる。木の棒はシュルルルルと削られて、竹刀のように丸く握りやすい棒ができ上がる。その1本をシンに投げる。受け取ったシンはわたしの行動に驚いているようだ。

「それじゃ、わたしは魔法は使わないから、どこからでもかかってきていいよ」

「本当にいいのか。手加減はしないぞ。怪我をしても知らないからな」

シンは木の棒を握り締めると、わたしに向けて剣を振りかざしてくる。

わたしは軽く受け止める。そして、軽い試合が行われた。

「…………」

シンは息を切らして、地面に倒れている。結果を言えば弱い。強さの基準は分からないけど、弱い。

「ど、どうして、ユナさんはそんなに動けるんだ」

わたしは息一つ切らしていない。

「鍛え方が違うからね」

はい、嘘(うそ)です。体を鍛えたことなんてないです。でも、体力は嘘だけど、剣の扱いはゲームの中で得たものだ。だから、全てが嘘ってわけじゃない。

「それじゃ、気になったところがあるけど。アドバイス、聞く？」

「くそ」

なにか、悔しそうにしている。

「聞くの？　聞かないの？」

「お、お願いします。俺にアドバイスをください」

シンは項垂れるように頭を下げて、頼んでくる。

「それじゃ、わたしからアドバイスね。無駄に剣に力を込めすぎ。力を抜くときは抜かないとダメ」

「剣に力を込めるのは当たり前だろう」

「人には握力がある。ずっと強く握っていると、だんだんと握力は減っていく。握力がなくなれば、剣を握ることができなくなる。腕も無駄に剣を振り続ければ、疲れて振れなくなる。全力で走れば体力がなくなり、走れなくなるよ」

「だから、ギルさんが言ったとおりに、走ったり、筋力をつけているんだろう」

「でも、今はギルみたいに重い剣を持ったり、何度も剣を振ったりはできないでしょう」

ギルが１００としたらシンは10だ。比べることが間違っている。

「……だから、頑張っている」

「頑張っているのは問題ないよ。でも、すぐにギルと同じことはできないし。今後もできるとは限らないでしょう」

そもそも、体格が違う。

「だったら、どうしろと言うんだよ」

「だから、それを補うのが技術だよ」

「技術……。俺、誰かに教わったりしたことがないから、技術って言われても分からない。ギルさんには相手を見ろって言われたけど。どこを見ればいいか」

「シンは相手のどこを見ているの？」

シンは考え込む。

「……相手の武器かな」

間違っていないが、間違いでもある。

「見るのは全部だよ」

「全部？」

「そう、武器はもちろん、武器を持っている手、踏み込む足、相手がどこを見ているかの視線。相手の呼吸。さらに上級者になればもっと見る場所があるよ」

「……ユナさんは全部見ているのか？」

「なんとなくだけどね。足が動けば、動くタイミングが分かる。剣を握る手を見れば、どのくらいの力を込めているか分かる。視線を見ればどこを狙っているか分かる。一か所を見るんじゃなくて、全体的に見るといいよ。すると、なんとなく動く箇所を見ることができるよ。もちろん、それらで全てが分かるわけじゃないけど。相手がなにをしてくるか、予想はつけられる。だから、自分も相手に見られていることも覚えておいたほうがいいよ」

一か所だけを見ると他の情報が入ってこなくなる。武器だけを見ていると、それを逆手(さかて)に取られることもある。

「あと、ギルみたいに体力ないでしょう。だから、全てに力を込めるんじゃなくて、隙をついたとき、チャンスのときに、最大限の力を込めるといいよ。無駄な力は使わないのも技術の一つだよ」

牽制するのに力を込める必要はない。隙を作らせるだけでいい。

「でも、それは人が相手のときだよな。魔物相手には」

「同じだよ。ゴブリンやオークなら武器を持っていることが多い。ウルフなら、踏み出す足を見る。それに、魔物は複数でいる場合が多い。全体を見ることに慣れれば、複数相手でも手間取ることはなくなるよ」

全体的に見ることができるようになれば、敵が複数いたとしても、誰が攻撃をしてくるか分かるようになる。全体を見るのは大切なことだ。戦いながら、仲間の状況も把握できるようになる。

基本ぼっちだったけど、ゲームではパーティー経験が少なからずあるわたしには分かる。

「冒険者ギルドで暇そうな冒険者を見つけて、練習してもらえばいいよ。ギルも言っていたでしょう。経験が大事だって。実戦の中でやると危険だけど、練習なら、怪我ぐらいで済むでしょう」

「……分かった。やってみるよ」

シンに構ってホルンのことを見ていなかったけど、ホルンのほうを見ると、ちゃんと一人でも魔法の練習をしている姿があった。真面目な生徒だ。

その日のわたしは、ホルンとシンの相手をしながら、一日を終えた。

怪我はしかたないけど、死なないでほしい。

ノベルス版6巻 書店特典① クマとの遭遇 ダモン編

このミリーラの町は突如現れたクラーケンによって海に出ることができなくなった。他の街に行く唯一の街道にも盗賊がはびこり通れなくなった。金持ちは冒険者を護衛に雇い町から出ていく。

一か月もすると町は食糧難となった。

俺は家族と話し合った結果、エレゼント山脈を越えてクリモニアの街に食料を買いに行くことにした。妻のユウラと2人で急峻な山道を登っていく。この山を越えればクリモニアの街に着くと聞いた。しかし、頂上に近づくにつれ凄い吹雪で前が見えないほどだった。一歩進むのにも苦労する。体は凍え、歩くことができない。どこかで吹雪を避けたいが、そんな場所は見当たらない。

そのとき、後ろでバサっと倒れる音がした。振り向くとユウラが倒れていた。俺は叫ぶが起きる気配がない。ユウラを背中に担ごうとするが、力が入らない。

俺の体も限界が来ていたみたいだ。頭に子供たちの姿が浮かぶ。駄目だ。意識が徐々に薄らいでいく。

俺が目を覚ますと、そこは暖かい家の中だった。そして、目の前にはクマの格好をした女の子がいた。俺と妻は、この女の子に助けられた。女の子は温かい飲み物を与えてくれ、食事をくれた。温かい食事は体の中に染み渡るように美味しかった。

しかし、家がこの山脈にあるのには、さらに驚いた。

それから、クマの格好をした女の子から食料を分けてもらった。お礼はミリーラの町を案内するだけでいいという。俺たちは登ってきた山を引き返すことになった。

俺たちはクマに乗って下山する。クマの女の子の召喚獣だという。俺たちが苦労して登ってきた山をクマは楽々と駆け下りていく。信じられない光景だ。

数日かけて登った山を、一日もかけずにふもとに着いてしまった。

町にクマの嬢ちゃんが来てから、いろいろなことが起きた。食料が出回るようになった。街道に居座っていた盗賊が討伐された。さらにその盗賊行為には商業ギルドのギルマスが関わっていたことが判明した。

街道が通れることになって、食料を購入しに隊商が出発した。時間はかかるかもしれないが、希望が見えてきた。これもクマのお嬢ちゃんが盗賊を討伐してくれたおかげだ。

クラーケンが海にいるため、漁に出ることもできずに家にいると、クロ爺の名で漁師全員に集まるように指示がきた。集合場所に到着すると、多くの漁師が集まっていた。

時間になると、クロ爺が漁師の前に現れ、「明後日は何があっても海に近づいてはいけない、家の中にいるように」と言う。

「どういうことだ。クロ爺」

「言葉どおりじゃ、その日は絶対に海に近づいてはならない」

海に近づくとクラーケンを呼び寄せてしまう可能性があるから、近づかないようにしていたのは知っている。でも、こうやって、日付を指定して、クロ爺がわざわざ言うのはおかしい。

「よくも悪くも、町の運命はその日に決まる。もしものときはわしが責任を取る。だから、なにがあっても海には行かないでくれ」

あの頑固爺さんのクロ爺が深々と俺たちに頭を下げる。海に行かないのはいつものことだ。言われずとも行くつもりはない。その気持ちは他のみんなも一緒のようだ。

「クロ爺、分かったから頭を上げてくれ。俺たちにはなにが起きるかは分からない。でも、クロ爺が言うなら、みんなきちんと指示に従う。そうだろう。みんな」

「ああ、そうだ」

俺たちはクロ爺に、その日は絶対に海に近寄らないことを誓った。

当日、俺はクロ爺の言葉が気になって、家にじっとしていられなくなったので、気を紛らすため、町を散歩することにした。

町を散歩していても、海が気になって仕方ない。どうしても、海が見える道を散歩してしまう。

うん、なんだ。町の外に行く門を塞ぐように冒険者ギルドの職員が立っている。

気になったので声をかけるが「今日は誰も通せない」と言われる。

いったい何が起きているって言うんだ。クロ爺が言っていたことと関係があるのか？


しばらく様子を窺っていると、門が騒がしくなる。駆け寄ると、クマの嬢ちゃんが白いクマの上に倒れていた。

クマの嬢ちゃんになにがあったんだ？　冒険者ギルドのギルマスがクマと一緒に中に入ろうとするが、門兵がクマを入れてもいいか困っている。すると、ギルマスが静かに怒りだした。

クマの嬢ちゃんがクラーケンを倒したのだという。

クラーケンを倒した？

とんでもない言葉がギルマスの口から出た。なんでも、しばらく行った先にある崖でクラーケンを倒したという。クラーケンと戦ったクマの嬢ちゃんは魔法の使い過ぎで倒れたのだと。

とてもじゃないが信じることができなかった。

だが、ギルマスは見に行けば分かるという。俺を含め、数人の男たちは確認するために崖に向かって駆けだした。もし本当にクラーケンが討伐されたのなら、町は救われたことになる。

息を切らせて、崖に到着すると、凄い湯気が立ち上っていた。熱気のせいで汗が出てくる。俺は湯気が立ち上る先に進む。すると湯気の中から数体の大きなクマの石像が海に現れ、囲まれたその中でクラーケンが死んでいた。

あの可愛いクマの格好をした女の子がクラーケンを倒したなんて、信じることができなかった。

よく自分の目で見ないと信じられないというが、この目で見ても信じられなかった。でも間違いなく沸騰する海の中、俺たちを苦しめてきたクラーケンが死んでいる。

俺の頬（ほお）をなにかが流れ落ちた。知らないうちに泣いていたみたいだ。俺は慌てて涙を拭（ぬぐ）う。でも涙を流しているのは俺だけではなかった。周りを見れば、俺同様に駆けつけた者は、討伐されたクラーケンを見て涙を流している。

俺は嬢ちゃんが泊まっているデーガの宿屋に向かった。

嬢ちゃんはクラーケンとの戦いによって、疲労で倒れたそうだ。今は静かに寝ているから寝かせておいてほしいとギルマスのアトラさんに頼まれた。

でも、俺と同じように倒されたクラーケンを見た町の住民が、クマの嬢ちゃんにお礼が言いたくて、どんどん集まってくる。そのたびにアトラさんと宿屋の亭主であるデーガが説明する。

「それなら、嬢ちゃんのために米を持ってきてくれ。少しでもいい。嬢ちゃんが一番喜ぶ食材だ」

「お米か」

「本当に喜ぶのか？」

「ああ、間違いない。目を覚ましたとき、喜ぶはずだ」

「そうね。こんなところで騒いで、ユナを起こすよりはいいわ」

街の住民は頷くとそれぞれが家に帰っていく。俺も家に帰り、家族に話して、少ないお米を嬢ちゃんのために持っていくことにした。俺が嬢ちゃんにしてあげられることはほかにない。

俺は娘を連れて嬢ちゃんが眠る宿屋に向かう。

お米を持って宿屋に入ると、すでに数人の住民がいる。そして、デーガが用意したと思われる大きな樽にお米を入れている。少ない食料のなかから、みんなが持ち寄ってきている。

俺も娘と一緒にお米を樽の中に入れる。

「お父さん。クマのお姉ちゃん喜ぶかな？」

「ああ、喜ぶさ」

「クマのお姉ちゃん、ありがとう」

娘は俺の手を握りながら、感謝の言葉を言う。本当にクマの嬢ちゃんには感謝してもしきれない。

本当は直接会って、お礼を言いたかったが、あんな魔物と戦ったんだ。どれだけ大変だったか、俺には想像もできない。命をかけた戦いだったはずだ。俺は白いクマの上に倒れていた嬢ちゃんを思い出す。

今はゆっくりと休んでほしい。

翌日、俺は海に出る。この揺れる船、海の香り、何もかもが懐かしい。自然と笑みが出てくる。それは俺だけじゃない。どの船に乗っている者にも笑顔が溢れている。みんな、俺と同じ気持ちなんだろう。

魚を捕って戻ってくると、クラーケンを解体するから近くの砂浜まで来てほしいと頼まれた。

砂浜に行くと、クマの嬢ちゃんとクロ爺の姿があった。

クラーケンは大きかった。あのときは海に浸かっていたから、これほど大きいとは思わなかった。俺たちは手分けしてクラーケンを解体していく。

話によるとクラーケンの素材は全て町にくれるらしい。町のために使ってほしいとクマの嬢ちゃんが言ったそうだ。普通ならありえない。逆にクラーケンを討伐したことで、莫大なお金を町に要求してもいいぐらいだ。なのにクマの嬢ちゃんはなにも要求はしてこなかった。

　たぶん、このことを町の住人以外に話しても、誰も信じないだろう。

　クマの格好をした女の子は本当に不思議な女の子だ。

　この町の住人はクマの嬢ちゃんに感謝している。でも、嬢ちゃんが町を救ってくれてからが大変だった。クリモニアから領主様が来るし、クリモニアに繋がるトンネルが発見される。クマの嬢ちゃんがトンネルを発見したと言っているが、それがありえないのは俺が一番理解している。もしそんなトンネルがあるなら、クマの嬢ちゃんは、わざわざエレゼント山脈を登っていないはずだ。

　クラーケンを討伐できるなら、もしかしてと思ってしまう。

　トンネルが発見されたことで、クリモニアから食料が送られてくることになった。でも、それには馬車などが通る道の確保をしないといけない。至急、トンネルまでの道を作ることになり、商業ギルドのギルマスになったジェレーモは忙しそうに働いている。

　あの怠け者がギルドマスターかと、笑いが込み上げてくる。でも、あいつがギルマスをやるなら、商業ギルドもよい方向に行くはずだ。

　そして、今日は商業ギルドに用があったので、ジェレーモに会いに行くことにした。

「ジェレーモ、忙しそうだな」

「ダモンか。おまえさんは暇そうだな」

「そんなことはないぞ。今日も海に出て仕事をしてきたからな」

「楽しそうでいいな」

「ああ、嬢ちゃんのおかげで海に出られるようになったからな。それにおまえさんのところの商業ギルドから、魚の注文も入ってくるからな」

「こっちは大変だ。魚介類の流通管理はもちろん、クリモニアから運ばれてくる食料の管理もある。やることがたくさんある。なんで俺がこんな目に」

「それはおまえさんが町のために頑張る男だからだろう」

「俺はサボる癖がある男だって、知っているだろう」

「それと同時に住民に優しい男だってことも知っているぞ」

「買いかぶりだ」

「そんなことはないですよ。ジェレーモさんの人徳には驚かされるばかりです」

現れたのはクリモニアから派遣されたギルド職員のアナベルさん。真面目で頭が固そうな女性だ。

「アナベルさん？」

「仕事はサボろうしますが、町の住民に好かれています。誰もがジェレーモさんのためならと言って、手を貸してくださいます。ジェレーモさんに差し入れを持ってくる人も多いです。この町の長老たちがジェレーモさんをギルマスに選んだ理由が分かった気がします。

でも、仕事を放り出してサボるのは、本当にやめてほしいです」

「えっと、休憩と言ってくれませんか？」

「何時間も休憩をされては困ります。この町の行く末はジェレーモさんの肩にかかっています」

「えっと、自分にそんな重いものは……」

「それでは町が滅んでもいいと」

「別に他の人でもいいのではと言っているのですが？　アナベルさんがギルマスになっても」

「わたしだと町の復興に時間がかかります。この町には新しい出来事がたくさんあります。それには町の住民の方たちに信用されていなければ対処できません。わたしが商業ギルドのギルドマスターになっても、反発が起きたり、事業は進まないでしょう」

「俺はそんなに大層な人間じゃ」

「ジェレーモ、諦めろ。俺もおまえを信用している一人だ。おまえだから、安心して商業ギルドを、町を、俺たちが捕ってきた魚を任せることができる」

「ダモン……。俺がそんな言葉で頑張るように見えるのか？」

「見えないな」

俺とジェレーモは笑いだす。でも、ジェレーモはなんだかんだでやる男だ。

そして、今日も俺は海に出る。

俺たち漁師はクラーケンが討伐された場所の近くを通るとき、大きなクマの石像の背中に向かって、感謝の念を送る。

今日も無事に漁に出られることに感謝をする。

ありがとう。

ノベルス版6巻 書店特典② 学園に報告する マリクス編

実地訓練から帰ってきた翌日。今日は先生に報告することになっている。冒険者であるユナさんから聞いた話と俺たちの話に齟齬がないかの確認でもある。少し気が重い。

「はぁ～」

「マリクス、どうしたの？」

俺がため息を吐くとシアが心配そうに尋ねてくる。

「いや、今日の報告がちょっとな」

ユナさんは、ありのまま報告したと言っていた。わたしが話さなくても、村の人が話すので嘘はバレるから、だそうだ。俺もそう思う。

考えるまでもなく、評価は低いはずだ。

護衛役である冒険者へのバカにした態度。冒険者の指示を仰がないで勝手に行動したこと。本来なら冒険者であるユナさんの指示を仰がないといけなかった。それを無視したことになる。だけど、あんなクマの格好をした女の子を冒険者とは思わないし、強いとも思わない。でも、これが試験の内容に含まれるなら、評価は下がる。

あと魔物を倒したことによる評価だけど、これも微妙だ。今回の実地訓練には魔物討伐は入っていない。学生の本分から外れていると言われればそれまでだ。

でも村の人を助けに行ったことは間違っていないと思っている。また困っている人がいれば助けに行くと思う。それが俺の目指す騎士というものだ。


教室で待っていると、先に報告に行ったジグルドたちが戻ってきた。

「マリクスたちの番だぞ」

「終わったのか？」

「ああ、別に話すことは何もないから、すぐに終わったよ」

気楽に言うジグルドが羨ましい。俺たちの前に報告をしに行ったパーティーはどこも早く戻ってきている。俺たちが一番最後だ。俺たちの報告が長くなるから、一番最後に回されたのでは、と勘ぐってしまう。

そもそも、信じてもらえるかが疑問だ。ユナさんの言葉を先生がどこまで信じたかも分からない。

「マリクス、行くよ」

「ああ」

「そんなに心配することないよ。お母様もいたんだから」

「エレローラ様はなにか言っていたか？」

「昨日は帰ったら、すぐに寝ちゃったから、まだ話をしていないの」

俺もだ。疲れていたのか、昨日はすぐに寝てしまった。

嘘を吐くわけにもいかない。本当のことを話すだけだ。俺たちはジグルドたちに代わって先生がいる部屋に向かう。

部屋に入ると、先生とシアの母親のエレローラ様の姿もあった。

シアを見ると、驚いた表情をしている。シアも知らされていなかったみたいだ。

「おまえたちで最後だな。とりあえず、座れ」

先生に言われ、俺たちは椅子に座る。

「エレローラ様から話は聞いたが、信じられない。村にも確認する予定だが、おまえたちからも話が聞きたい」

俺たちは実地訓練での自分たちの行動、経験したことを、ありのまま話した。信じてもらえそうにない内容ばかりだ。

先生は俺たちの話を聞くたびに、驚いた表情をする。でも、ユナさんから話を聞いていたためなのか、俺たちの話を黙って聞いている。時折、確認するかのように少し質問してくるぐらいだ。

「話は分かった。後は村に確認する」

「先生。やっぱり、減点ですか？」

ティモルが先生に質問するが、先生は困った表情をしたかと思うとエレローラ様を見る。

「今回の件は、減点も加点もしないわ。あなたたちが困っている村を救うために行動をした心は大切なこと。それに対して、減点はしない。あなたたちはそれぞれ将来上に立つ人物。困っている人を見捨てるような人にはなってほしくない。でも、それと同時にあなたたちの行動は軽率だったということを自覚してほしい。あなたたちは、自分の立場を考えて行動をしないといけない」

「結局、僕たちの行動は正しかったんですか？」

ティモルは再度確認する。

俺にはエレローラ様が言っていることはなんとなく理解できた。でも、ティモルは違うみたいだ。何が正しいか正解を求めてしまう。

「なにが正しいかは、人それぞれ。決まった正解なんて、存在しないわよ」

「…………」

「でも、間違いでもない。ただ、自分たちの行動が、全て正しいとは思わないでほしい。それと同時に間違いだったとも思わないで」

「難しいです」

「人生なんて、全てに正解があるわけないのよ。後から、正しかったのか間違いだったのか分かることもある。ただ、今回に限って言えば、護衛をしてくれた冒険者に相談しなかったことは間違いね。冒険者は教師の代理でもある。その人に対して相談もなく危険な行動をしたのは、褒められる行為ではないわ」

そうだけど。あのクマの格好をしたユナさんに相談しろと言うのは無理がある。初見でユナさんが強い冒険者だと思う人は誰もいないと思うぞ。

「エレローラ様。あのクマの格好をしたユナさんが強いとは誰も……」

ティモルは抵抗するように言い訳をする。その気持ちはよく分かる。

「今回は、人を見た目だけで判断しないということも試験の1つだったのよ。あなたたちがクマの格好をした女の子を前に、どう判断して、どう行動するかを見たかったの」

「なんで、そんな試験を」

「だって、そのほうが面白……じゃなくて、ゴホン」

今、面白いって言いかけたよな。エレローラ様は小さく呟き込むと言い直す。

「人は見かけでは分からないことも多い。薄汚い格好している密偵や暗殺者。私服に着替えて城を抜け出す国王。そして、可愛らしい格好をした優秀な冒険者。人を見た目で判断するのも大事だけど、中身もちゃんと判断できるような人物になってほしい。だから、可愛らしいけど優秀な冒険者のユナちゃんにあなたたちの実地訓練を頼んだのよ」

エレローラ様の言っていることは理解できた。ユナさんは、見た目で判断してはいけない典型的な人物だ。でも、一発でユナさんを優秀な冒険者と分かる人間がいたら、お目にかかりたいものだ。

結局、俺たちの実地訓練の結果には、減点も加点もなかった。

今回の俺たちの行動で、なにが正しいか、なにが間違いかはない。俺たちは村の人を救おうと行動し、結果的に黒虎が現れ、ユナさんが救ってくれた事実だけが残った。

もし、黒虎が現れなかったら、褒められただろうか？

無事に村の人を救出できたら、俺は今後も何も考えずに同じことを繰り返していたと思う。それが間違いとは思わないが、あらためて自分の行動について考えさせられる。

最後にエレローラ様は「後悔しないように考えることが大切」だと言った。何が正しいかは、いろいろな視点から見れば、少しは分かるという。

学生という立場。一人の人間としての立場。騎士の立場。先生の立場。冒険者としての立場など、いろいろな視点で考えてみると、少しは理解できた。

ただ確実に言えることは、俺が弱いってことだ。ユナさんの戦いを見れば、どれだけ俺が弱いのか分かる。あの黒虎を前にして、俺は震えて動けなかった。でも、俺よりも小さいクマの格好をした少女は、一人で黒虎に立ち向かった。

あの黒虎に向かっていけるほどの強さを身に付けるには、どれだけ訓練をすればいいか分からなかった。

「ユナさん、強かったな」

先生への報告も終え、皆で帰る途中で、俺は無意識で口にしていた。

「どうしたのいきなり」

「ユナさんがいなかったら、死んでいたなと思って」

「そうですわね。ユナさんには感謝しないといけませんわね」

それからしばらくした日、実地訓練の内容のことを知った親父に、みんなを危険に晒したこと、自分勝手な行動をしたこと、冒険者のユナさんの指示を仰がなかったことで、ひどく叱られたし殴られもした。

でも、村人を救おうとした行動は褒められた。

痛かったけど、褒められたのは嬉しかった。

ノベルス版6巻 書店特典③ クリモニアに出発する アンズ編

「ねえ、アンズちゃん。本当にわたしたちも、ついていってもいいの？」

ニーフさんがお店の清掃をしながら尋ねてくる。

「はい。ユナさんにちゃんと許可はもらいましたから、大丈夫ですよ」

先日、ユナさんが女の子2人を連れてやってきた。そのときに許可をもらった。

今、ニーフさんたちにはクリモニアに行くまでの間、宿屋で働いてもらっている。基本的な接客の練習をしてもらうためだ。

「料理の勉強はしなくてもいいの？」

「みなさんは魚介類の下ごしらえはできますから、今はそれだけで十分です。慣れていない接客のほうを覚えてください」

「アンズちゃんがそう言うなら、いいけど」

ニーフさんは掃除に戻っていく。

わたしも出発までお父さんに料理をみっちり教わっている。

「火加減が弱いぞ」

「はい！」

「塩が多い」

「はい！」

お父さんは厳しかったけど、いろいろと教えてくれる。

時折、悲しい顔をするけど、すぐに格好いいお父さんに戻る。


ニーフさんたちも仕事に慣れてきたころ、トンネルが近々完成するとの話が耳に入ってきた。わたしはクリモニア行きの馬車がどうなっているか、商業ギルドに聞きに行くことにした。

「すみません。クリモニア行きの馬車ってどうなっていますか？　なるべく早くにクリモニアに行きたいんですが」

「申し訳ありません。トンネルの開通日の馬車はどれも埋まっています」

「それじゃ、いつなら」

わたしの質問に職員は紙をめくって調べてくれる。

「3日目、5日目も埋まっています。空いているのは7日目になりますね」

話によるとトンネルの運行はクリモニア行きとミリーラ行きで一日交代でということになるらしい。1日目の馬車の次は3日目が出発日だ。だけど満席で、3日目にクリモニアに出発する馬車にも5日目に出発する馬車にも乗れないってことみたいだ。

少しぐらい遅れてもユナさんは怒らないと思うけど。ユナさんの思いに応えるために早めに行きたかった。これも確認を怠ったわたしの責任だ。

しかたないので、7日後の馬車を予約しようとすると、奥から目に隈を作った男性が出てきた。商業ギルドのギルドマスターのジェレーモさんだ。うちのお店によく食事をしにやってくる。

「あれ、アンズちゃん？」

「久しぶりです。ジェレーモさん」

「どうしたんだい？　あの筋肉の父親になにか頼まれたのかい？」

「いえ、そうじゃなくて、クリモニア行きの馬車の確認に来たんです」

わたしは商業ギルドに来た理由をジェレーモさんに説明する。

「そういえばアンズちゃん、クリモニアのクマの嬢ちゃんのお店で働くんだっけ？　看板娘がいなくなるのは寂しくなるな」

「お母さんがいますから大丈夫ですよ」

それから初日の馬車に乗りたかったけど、空きがなかったことを説明する。

「初日か～」

ジェレーモさんは考え込む。

「やっぱり、無理ですか？」

「みんな、何だかんだで楽しみにしているみたいで、馬車の申し込みが多い。でも、クマの嬢ちゃんのところで働くアンズちゃんの頼みなら、なんとかしてあげたいんだけど」

ジェレーモさんは頭に手を置いて考えだす。

「分かった。俺がなんとかしてあげるよ」

「本当ですか？」

「ギルマス、勝手にそんなことを約束していいんですか？」

話を聞いていたギルド職員が横から口を挟む。たしかに、満席の馬車を簡単にわたしのために空けられるとは思えない。

「う〜ん、そこはなんとか」

「なんとかなるわけないでしょう」

現れたのは真面目そうな女性だった。たしか、クリモニアの商業ギルドから来た人だ。

「アナベルさん……」

ジェレーモさんは嫌な人に見つかった的な表情をする。

「でも彼女は、町を救ってくれたクマの嬢ちゃんの知り合いだ。しかも、クリモニアの嬢ちゃんのお店で働くことになっている。クマの嬢ちゃんもアンズちゃんのことを待っている。それなら、少しでも嬢ちゃんのために、なにかをしたいと思うだろう」

ジェレーモさんが一生懸命に言い訳をする。

「それにアンズちゃんはクマの嬢ちゃんの店で、ミリーラで捕れる魚介類を使った料理を作ることになっている。それは漁師、商業ギルド、全体的に見れば町全体の利益になる」

そんなに大袈裟なことなの？

わたしはユナさんのお店で、お父さんに教わった料理を作るだけだ。そんな町全体って言われても困る。

アナベルさんはジェレーモさんの話を聞くと考え込む。

「……分かりました。どうにかクリモニア行きの馬車を用意しましょう」

「いいんですか？」

予想外の言葉がアナベルさんから出てきた。ルールに厳しい人だと思っていたけど違ったみたいだ。

「この町の特産である食材をクリモニアで広めるのはいいことです。料理を食べた人が自分の家でも食べたいと思えば、流通も増え、ミリーラの町に来る人も増える。そうなれば町の活性化に繋がります。それに、この町を救ったユナさんの知り合いのあなたを邪険に扱って、ユナさんに恨まれても困ります」

ユナさんの影響力は、わたしが思っていたよりも大きいみたいだ。

「でも、ジェレーモさんが、そこまで町のことを考えているとは思いませんでした。これなら、町のために仕事が増えても大丈夫ですね」

アナベルさんは、ジェレーモさんに向かってニッコリと微笑む。

「ア、アナベルさん。これ以上仕事が増えたら俺、死にますよ」

「人間はそんなに簡単には死にません。わたしも休ませてあげたいのですが、トンネルが開通すれば、どうしても忙しくなります」

「そんな……」

「でも、新しく入ったギルド職員も仕事を覚えてきています。他の職員のレベルも上がっています。ジェレーモさんの仕事をそろそろ手分けすることもできると思いますので、それまでは頑張ってください」

アナベルさんは周りに職員がいることを意識して、あえて口にしたんだと思う。アナベルさんの言葉に周りの職員が嬉しそうにしている。

直に褒めるんじゃなくて、こうやって褒める方法もあるんだね。

「ギルマス、俺も頑張りますから、一緒に頑張りましょう」

「わたしも頑張ります」

ギルド職員から、やる気に満ちた声が上がる。でも、ジェレーモさんは困った表情をしている。あとでお父さんにそのことを聞いたら「周囲がやる気になったことで、自分もやるしかなくなって困っただけだろう」と言っていた。ジェレーモさんのことをよく分かっている。

それからジェレーモさんとアナベルさんは、ニーフさんたちの分を含めた5人分の馬車の席を手配してくれた。

出発の当日、お父さんたちに見送られる。

「逃げ戻ってくるなよ」

「手紙は書くんだよ」

「気をつけて行けよ」

お父さん、お母さん、お兄ちゃんが見送ってくれる。そして、最後にニーフさんたちを見る。

「こんな娘だけど。見捨てないでやってほしい」

「お父さん、それじゃ、結婚をする娘を送り出す言葉だよ」

「そうか?」

「アンズちゃんのことはわたしたちがしっかり支えますから、心配しないでください」

「うん。みんながいるから大丈夫」

「アンズちゃん、1人じゃないからね。なんでも、相談してね」

本当にそう思う。もし、わたし1人だったら、不安で押し潰されたかもしれない。でも、知り合いがいるってことだけで、不安が和らぐ。

「わたし、頑張るよ。お客さんがたくさん来るようなお店にしてみせるよ。お父さん、お母さん、お兄ちゃん、行ってくるね」

わたしは最後にみんなを抱きしめて、一時の別れを告げた。

ノベルス版6巻 書店特典④　ノアとフィナとくまパン

今日の勉強はお休みです。

ユナさんに会いに家に行きましたが、会えませんでした。

どこに行ったのでしょうか？　くまゆるちゃんとくまきゅうちゃんに会いたかったけど、残念です。わたしは目的もなく道を歩きます。どこに行こうか悩んでいると、「くまさんの憩いの店」の近くまで来てしまいました。

ユナさんいるかな？

お店のほうを見ると、多くのお客さんがお店の中に入っていきます。いつも人が多いですが、今日はいつもよりも多い気がします。

なにかあったのでしょうか？

わたしは、「くまさんの憩いの店」に向かいます。それにしても、お客さんがどんどん中に入っていきます。お店の中に入るとパンを買う場所が混み合っています。

なんだろう？

パンが並んでいる売り場に近寄ると聞き慣れない言葉が聞こえてきました。

「くまパンを6つください」

「すみません。お一人様一つでお願いします」

「それじゃ、家族3人で来ているから3つ」

「はい、3つですね」

「それから、そこのパンとそこのパンも」

「はい、ありがとうございます」

今、くまパンって聞こえました。気のせいでしょうか？

でも、次に注文する人もくまパンを注文します。

わたしは人の隙間からそっと覗き込みます。目の前にはいろいろなパンが並んでいます。どれも美味しそうです。そのたくさん並ぶパンの中に見つけました。

「クマさんのパン？」

そう、クマさんの顔をしたパンが並んでいます。あれは何なんですか!? 可愛いです。

わたしも食べてみたいです。わたしは急いで並びます。

わたしが並んでいる間もクマさんのパンは売られていきます。これではわたしが買う前になくなってしまいます。

「くまパンください」

うぅ、どんどん減っていきます。

「ノア様？」

声をかけられます。振り向くと、フィナがいました。

「フィナ。あのパンはなんですか⁉　わたし、あんなパンがあるなんて知りませんでした」

わたしはフィナを問い詰めます。

「先日発売した、新作のパンですよ。凄い人気が出て、大変なんです」

なら、わたしが知らなくてもしかたないです。この数日はお店に来てませんでした。とりあえず、クマさんファンクラブ会長であるわたしが知らないのでは恥ずかしいです。

「こんなパンを作っていたのなら教えてほしいです」

クマさんファンクラブの副会長なら、会長に報告する義務があると思います。

「えっと、ごめんなさい」

「それじゃ、さっそくわたしもクマさんのパンを食べることにします」

パン売り場を見ると、さっきまであったクマさんのパンが一つも残っていません。

「わたしのくまパンが！」

うぅ、くまパンが売り切れてしまいました。

「わたしが話しかけたせいで、ごめんなさい」

「いえ、フィナのせいじゃないですよ」

別にフィナの責任ではありません。フィナに会えたのが嬉しくて、つい話し込んでしまったわたしが悪いんです。でも、クマさんのパンが食べられなかったのは悲しいです。

わたしが落ち込んでいるとフィナが声をかけてきます。

「ノア様、これから時間はありますか？」

「大丈夫ですよ」

今日一日は自由です。

「それではわたしたちでくまパンを作りませんか？」

「作れるんですか？」

「一応、わたしも作る練習をしましたから大丈夫なはずです」

くまパンを自分で作る。初めての経験です。面白いかもしれません。

「うん、作りましょう。でも、どこで作るんですか？」

「たぶん、厨房を貸してもらえると思います」

フィナはそう言うとわたしの手を引っ張って、奥の厨房に連れていきます。フィナは厨房に入ると、パンを作っている女性に話しかけます。モリンさんといって、このお店を任せられている女性です。

「そこなら、空いてるから使っていいよ」

「モリンさん、ありがとうございます」

フィナはモリンさんにお礼を言うとわたしのところに戻ってきます。

「ノア様、場所と材料の許可はもらいました。ここで作っていいそうです」

フィナは空いているテーブルを指します。

「本当にいいんですの？」

「はい、大丈夫です」

フィナはパン生地を用意します。少し色がついたパン生地と白いパン生地の2色です。

「まずはわたしが作りますから、真似をしてください」

「分かりました」

わたしが頷くとフィナは白いパン生地を捏ね始めます。丸く、クマさんの顔の形を作っていきます。そして、茶色のパン生地を小さく丸め、クマさんの顔の上にのせていきます。焼く前でも分かります。クマさんの顔に見えます。

「それじゃ、ノア様もやってみてください」

わたしはフィナの真似をして同じように作ります。

「ノア様、上手です」

「そんな、お世辞はいいです。どう見てもフィナのほうが上手です」

並べたくまパンを見れば一目瞭然です。でも、何度も作っていけばフィナみたいに上手になるはずです。わたしは新たにパン生地を手に取ります。

「ノア様。パンは何個作りますか?」

「何個でもいいんですか?」

「材料はありますが、たくさん作っても食べきれませんよ?」

たしかにそうです。作っても食べきれなかったら、捨てることになります。でも、もっと作りたいです。

「……それなら、お父様やララの分も作りたいです。いいですか？」

我ながら、いい考えです。

「はい、大丈夫ですよ。それじゃ、作りましょう」

お父様たちに美味しいくまパンを食べてもらいます。

それから、わたしたちはくまパンをたくさん作っていきます。なんでも、白い生地を基本としたくまパンはくまきゅうパン、茶色の生地を基本としたパンはくまゆるパンと呼ばれているそうです。

もちろん、お店ではそんな名前で販売はしていないそうですが、皆、心の中では思っているそうです。

わたしたちは作ったくまパンを石窯を借りて焼きます。

「パンを焼くのはわたしがやりますね」

フィナは慣れた手つきで、石窯にパンを入れていきます。わたしもやってみたかったけど、経験がほとんどないわたしが邪魔をするわけにはいきません。

「これで、しばらく焼けば完成です」

わたしは石窯の前で待ちます。熱いです。でも、我慢して、くまパンが焼けるのを見ます。しばらくするとくまパンが焼けて、美味しそうな匂いがしてきます。

「そろそろいいですね」

フィナが石窯からパンを取り出します。クマさんの顔がこんがりと焼けています。

可愛らしいクマさんの顔をしています。食べるのがもったいないです。やっぱり、フィナが作ったくまパンと比べるとわたしのクマさんの顔は少し変です。でも、自分で作ったパンです。それだけで嬉しくなります。

「それじゃ、食べましょう」

フィナはパクッとくまパンを食べると美味しそうにしています。

「ノア様は食べないんですか？」

「なにか、かわいそうで……」

わたしがそう言うとフィナが笑います。

「なんで、笑うの？」

「みんな、初めてくまパンを食べるとき、戸惑うんです。わたしもそうでした。孤児院の子供たちも、なかなか食べなかったみたいですよ」

分かります。こんな可愛い顔をしたクマの顔を食べるのはかわいそうです。

でも、わたしは思い切ってパクッと耳をかじります。熱いです。でも、口の中に美味しいパンの味が広がります。

「美味しいです」

一口食べ始めると、どんどんクマさんの顔がなくなっていきます。

「ノア様、上手にできてよかったですね」

「これもフィナのおかげです。ありがとうね」

わたしが言うとフィナは嬉しそうな、恥ずかしそうな顔をします。

そして、作ったくまパンを家に持って帰り、お父様やララ、お屋敷で働くみんなに配りました。

お父様はわたしが作ったと言うと驚いていました。お父様の驚いた顔が見られて嬉しかったです。

また、作りたいです。

この本を読んでのご意見・ご感想・ファンレターをお待ちしております。

〒104-8357 東京都中央区京橋 3-5-7
(株)主婦と生活社 PASH! 文庫編集部
「くまなの先生」係

PASH!文庫

本書は2017年3月に当社より単行本として刊行されたものを文庫化したものです。
※この作品はフィクションであり、実在の人物・団体・法律・事件などとは一切関係ありません。

くまクマ熊ベアー 6

2023年4月17日 1刷発行

著　者　くまなの
イラスト　029
編集人　山口純平
発行人　倉次辰男
発行所　株式会社主婦と生活社
〒104-8357 東京都中央区京橋 3-5-7
[TEL] 03-3563-5315(編集) 03-3563-5121(販売)
03-3563-5125(生産)
[ホームページ]https://www.shufu.co.jp
製版所　株式会社二葉企画
印刷所　大日本印刷株式会社
製本所　株式会社若林製本工場
フォーマットデザイン　ナルティス(原口恵理)
編　集　山口純平

 Printed in JAPAN ISBN 978-4-391-15982-0